ナイトランド叢書 3-6

フラックスマン・ロウの心霊探究

E&H・ヘロン

三浦玲子 訳

アトリエサード

GHOSTS

Being the Experiences of Flaxman Low

E.&H. Heron

1899

装画：中野緑

目次

まえがき……6
ハマースミス「スペイン人館」事件……9
メダンズ・リー事件……31
荒地道の事件……55
バエルブロウ荘奇談……77
グレイ・ハウス事件……97
ヤンド荘事件……119
セブンズ・ホールの怪……141
サドラーズ・クロフト事件……163
カルマ・クレッセント一番地の謎……185
コナー・オールド・ハウスの謎……205
クロウズエッジの謎……227
フラックスマン・ロウの事件……249
作者について……270

フラックスマン・ロウの心霊探究　E&H・ヘロン　三浦玲子 訳

まえがき Introduction

幽霊は、わたしたち自身の幻想や感情の中以外に存在するのだろうか？　この疑問は、世紀末に大いに注目された関心事で、オカルト現象に関する証拠はすでに五万とあるものの、いまだにこれという的確な答えは出ていない。これに関連して、厳密な科学分野の世界から心理学を排除しようという動きの第一ステップのひとつとして、霊や幽霊はあまり表に出さないようにする試みがなされてきたことは、一般的にはあまり知られていないのかもしれない。この結果、とてつもなく奇怪で恐ろしい俗説ばかりが前面に押し出され、この分野は、選ばれた少数精鋭の一群に入れることのできない、まるで思いもよらないものになってしまった。

このテーマに対する世間の広い関心に応えるために、これから、一連の幽霊話を披露しよう。これらは、ミスター・フラックスマン・ロウが体験した膨大な数の超常現象から抜粋したものだ。わずかに偽名を使っているとはいえロウの名を聞いた多くの人は、当代の著名な科学者のひとりであることに気づくだろう。彼の心理学や心霊学の研究はよく知られているし、事実上、相互に関連している。さらに、彼はこの分野の調査における優秀な研究者で、従来の古いやり方から脱却し、いわゆる超常現象の謎を、自然の法則にのっとって解き明かそうとする独創的なアプローチができる豪胆さも兼ね備えている。

これらは話の詳細は、事件の当事者によって語られ、フラックスマン・ロウの厚意で我々の手に入ることになった、明確で情報量の豊富なメモによって追加補足されている。

明白な理由により、事件が起こったと言われている正確な場所は、いずれのケースにおいても記されている。

ハマースミス「スペイン人館」事件

The Story of the Spaniards, Hammersmith

英国海軍スフィンクス号に乗っていたロデリック・ヒューストン大尉は、軍からもらえる自分の給与以外に実質的な収入もなく、西アフリカでの駐留にも飽き飽きし始めていた。そんなとき、親族のひとりが財産を遺して亡くなったという嬉しい知らせが舞い込んだ。その財産は、とりあえず当座分としては十分な金額と、ハマースミスの屋敷だった。この屋敷には調度類がいい具合にそろっていると言われていて、さらに他人に貸せば年間二百ポンド以上は見込めそうだった。だから、ヒューストンは、その賃貸料で、自分の収入がかなりおいしい額になるのではと考えた。だが、母国からさらに詳しい情報が届くと、それは甘い皮算用でしかないことがわかった。ヒューストンは実行力のある男だったので、二ヶ月の休暇願を提出して帰国し、自分でこの件に対処しようと決めた。

ロンドンで一週間過ごしたのち、これはどうにも自分ひとりの手には余る案件だという結論に達した。そこで、友人のフラックスマン・ロウに次のような手紙を書いた。

ハマースミス、スペイン人館

一八九二年三月二十三日

親愛なるロウ。最後に会ってから三年になるが、貴殿の噂を耳にする機会はほとんどなかった。やっと昨日、我々の共通の友人、サミー・スミス（学校時代のあの〝蚕くん〟だよ）に会って、貴殿の研究が新たな段階に進展し、現在は心霊現象に大いなる興味を示しているとのことをもれ聞いた。もしそうなら、きっと貴殿の研究課題にぴったりの現象をお目にかけられると思うので、こちらに来てぼくと数日過ごしてみてはどうだろうか。ぼくは今、最近相続した「スペイン人館」という屋敷にいる。ここは、ぼくの大叔母と結婚していたファン・ナイセンという昔の人物が建てた屋敷なのだが、なにかがおかしいという噂がある。それは別にいいのだが、困ったことに借家人が居つかず、皆、一、二週間ほどで出て行ってしまう。彼らは、ここにはなにかが憑りついている——おそらく幽霊と言いたいのだろうが——と苦情を言うのだ。こうしたおかしな話が出るのは、説明のつかない不可解なことが起こるからで、そこにはたいてい、一連の霊現象の出現がつきものだからとのことだ。

そこで、ぼくと一緒に貴殿にこの問題を調査してもらえないだろうか、と思いついたわけだ。異存がなければ、いつこちらに来られるか、電報をもらいたい。

草々

ロデリック・ヒューストン

ヒューストンはいくらか期待しながら、返事を待った。ロウはどんな緊急時にも、頼りになる男だった。サミー・スミスは、オックスフォード時代のいかにもロウらしい逸話を話してくれた。大学での彼の輝かしい成績は忘れられてしまうかもしれなくても、その話はいつまでも学友たちの記憶に残るだろう。クイーンズ・カレッジのサンズが、大学対抗競技会の前日になって病気で倒れたとき、ロウの部屋に電報が届いた。〝サンズ、倒れる。きみのハンマーの出番だ。我らがために頼む〟ロウの返事は簡潔だった。〝すぐに行く〟ロウは取り掛かっていた論文をたちまち仕上げ、翌日には大歓声の中、ハンマーを振るう痩身だが強靭な姿を見せた。彼はこの日、母校に勝利をもたらしたばかりか、これまでの記録まで破ったのだから、大騒ぎになるのも当然だった。
　五日目にウィーンからロウの返事が届いた。ヒューストンは電報を読みながら、スポーツマンだった友人ロウの秀でた額と長い首――このせいで襟がずいぶんと浅く見える――そして、学者風の薄い髭を思い起こし、思わず笑みを浮かべていた。頼れるのは、フラックスマン・ロウ以外、ほかにはいない。

親愛なる友、ヒューストン
　再び便りをもらい、とても嬉しい。親切なお誘いに対し、幽霊に遭遇できる機会をもうけてくれたことに感謝する。貴殿とまた会えることは非常に喜ばしい。ぼくがここにやってきたのは、同様の事件を調査するためだ。明日にはこちらを発つことができると思うので、金曜の夕方には会えるだろう。

敬具

フラックスマン・ロウ

追伸：ところで、ぼくの滞在中は使用人たちに休暇を与えるのはどうだろうか？　ぼくの調査がなんらかの役に立つのなら、貴殿の屋敷の中は、我々以外の者には塵ひとつ乱されないようにするべきと思うが、どう思う？　F.L.

スペイン人館は、ハマースミス橋から徒歩で十五分のところにある。かなりの高級な界隈にあり、まわりの狭い通りのありふれた単調さとは奇妙に対照的だった。夕暮れの薄明かりの中、ロウが車で向かうと、当の屋敷はどこか遠くの辺境から現われたかのようで、旧世界のような、異国風な雰囲気を醸し出していた。

屋敷は三メートルほどの壁にとり囲まれ、上から屋敷の上階が見えていた。努めて英国風を目指そうとしているようだが、熱帯地方の要素も思わせる屋敷だった。内装もそうだった。間取りや空気の感覚、冷ややかな色合いや、幅の広い絨毯を敷き詰めた廊下のせいで、同じような印象を受けた。

「それで、きみがここに越してきてから、なにかを見たのかな？」ロウが夕食の席でに訊いた。ヒューストンはホテルから料理を手配していた。

「二階の廊下でコツコツいう音が行ったり来たりするのを聞いたよ。そこは絨毯を敷いていない踊り場になっていて、屋敷全体を貫いている。ある夜、いつもより素早く音のするところへ駆けつけたら、ゴム風船のようなものが寝室のひとつに消えるのを見た。きみの部屋として使ってもらおうと思ったところだが、その部屋のドアが音をたてて閉まったんだ」ヒューストンは不満そうに答えた。「よくある無意味な幽霊の悪ふざけだな」

「ここに住んでいた借家人は幽霊についてどう言っているのかね？」ロウは続けて訊いた。

「だいたいは、今ぼくが話したようなことを見たり聞いたりしていて、さっさと逃げ出していったというわけだ。ひとりだけしばらく居残ったのが、老フィルダーグだ。あの男を知っているかな？　二十年前、オーストラリアの砂漠を横断しようとした男だ。彼は八週間ここにいたが、出て行くとき不動産屋に会って、二階の廊下でちょっと銃を発砲するような出来事があったのだが、そのせいで自分に不利になる請求をされるのは心外だ、それは正当防衛の発砲だからだと言ったのだ。なんでも、彼のベッドになにかが飛び乗ってきて首を絞めようとしたという。その得体の知れないものは、冷たくてベトベトした感触だったらしい。彼は廊下までそれを追っていって銃を放ったというわけだ。持ち主はあの屋敷は取り壊したほうがいいとまでアドバイスまでしてくれたよ。もちろん、ぼくの親戚のファン・ナイセンは、そんなことはしなかった。ここはとてもいい家だし、自分の資産を台無しにするような考えは毛頭なかったからだ」

「確かにいい屋敷だね」あたりを見回しながらロウは言った。「ファン・ナイセン氏は、西インド諸島にいたことがあって、広い部屋がお好みだったようだね」

「どこで、彼のことを聞いたんだい？」ヒューストンが驚いて訊いた。

「きみが手紙でおしえてくれたこと以外はなにも聞いていないよ。でも、ビン詰めにしたホンダワラがいくつかあったし、以前はよく土産として西インド諸島から持ち帰るようなレースソウの装飾品も置いてあったからね」

「きみにあの老人の来歴を話すべきかもしれないが」ヒューストンは言いよどんだ。「とても自慢できるような話ではないのでね」

ロウはしばらく考えた。

「最初に幽霊が目撃されたのはいつのことだ？」

「最初の借家人が入った頃だよ。老ファン・ナイセンが住まなくなったので、貸すことにしたんだ」

「それなら、ファン・ナイセン氏について聞いたほうが、はっきりするかもしれない」

「彼はトリニダードに砂糖農園をもっていたんだ。そこで彼は一生の大半を過ごしたが、妻である大叔母は、向こうは合わないと言って、ほとんどイギリスにいた。ファン・ナイセンがこっちで骨をうずめようと帰国して、この屋敷を建てたとき、大叔母は絶対に彼のもとには戻らないと宣言して、同居しようとはしなかった。しばらくするうちに、ファン・ナイセンは体の自由が利かなくなり、大叔母に同居すべきだと強要したため、彼女は一年ほどここに住んだようだ。だが、ある朝、彼女がベッドの中で死んでいるのが発見された。きみが泊まる部屋でね」

「死因は？」

「大叔母は睡眠薬を常用していた。それが効いて眠っていた間に窒息したと言われている」

「あまり納得できる説明とはいえないね」ロウが言った。

「とにかく、ファン・ナイセンはそれで納得した。まあ、夫婦の間のことだし、一族の者は、ごたごたが密かに片付いたのでほっとしたんだ」

「それで、ファン・ナイセン氏はどうなったんだ？」

「それが、ぼくは知らないんだ。それからすぐに彼は失踪した。通例どおりの捜索はされたが、今に至るまで彼がどうなったのか、誰も知らない」

「ふむ、それはおかしいな。ファン・ナイセン氏は、体の具合が悪かったんだろう」ロウはそう言うと、しばらく自分の思考世界に入り込んで心ここにあらずの状態になった。ヒューストンが、幽霊騒ぎなど救いがたいほどバカバカしいだけで、くだらないと悪態をついたので、ロウは初めてはっと覚醒した。そして、なにごとか考えながら、クルミを割り、静かに話し始めた。

「いいかい、どうも我々は、幽霊の一般的なふるまいが害をもたらすものだと性急に非難する傾向にあるようだ。確かに我々の目には、それはこの上なくバカバカしいことのように見えるかもしれないし、明白な動機や知的行動がまったくないように思える現象が多々あるのも認める。だが、どんなにバカげて見えるものでも、霊の世界では知的なものである可能性があることを忘れてはならない。我々の感覚はそれを受け入れる準備ができていないので、関連性をたどることができたとしても、しっかり筋道の通った全体像の断片を垣間見ることしかできないからだよ。ぼくはこのことを露ほども疑っていないね」

「確かに、そこになにかあるのかもしれないな」ヒューストンがそっけなく答えた。「人は、あれは老ファン・ナイセンの幽霊だと言うだろう。だが、ぼくが話した彼の来歴と廊下を行ったり来たりするコツコツいう音や、子どもの悪戯のようなゴム風船といった霊現象との間にいったいなんの関係があるというんだい？　まったくバカげている」

「確かにそうだ。だが、必ずしもすべてがバカげているとは限らない。各々独立した事実だが、ぼくらはその間にある関連性を探さなくてはならない。一度も馬を見たことのない人間に、鞍と蹄鉄を見せたとしたら、その人間がどれほど知性的でも、そのふたつに関連があると結びつけるところまでいくだろうか！　霊の行動が我々にとって不可解なのは、彼らを解釈するのに役立つ情報が足りないからなんだよ」

「それは、新しい観点だな」ヒューストンが言った。「だが、ぼくに言わせれば、ロウ、きみは時間を無駄にしているだけだよ」

ロウはゆっくりと笑みを浮かべた。厳粛でむっつり考え込んだような顔が急に輝いた。

「ぼくは、このテーマをかなり深く掘り下げてきた。ほかの科学分野は、類推によって理論的に説明する。だが残念なことに、心霊学は未来がある科学なのに、過去の業績がない。さらに言えば、これは大昔の人間ならもっていたはずの失われた科学なのだよ。だが、現代の我々は未知の世界の門前に立っているとも言えるかもしれない。心霊科学の発展は、我々の努力にかかっている。説明困難な現象をひとつひとつ解明していくことで、次の問題の解決のステップが築かれる。例えば今回のケースは、ゴム風船のような物体が、謎を解くカギになるかもしれない」

ヒューストンは退屈そうにあくびをした。

「すべて荒唐無稽なことに聞こえるがね。まあ、きみならこの現象にそれなりの説明をつけられるだろう。これが、なにか具体的なもので、拳で殴ることができる相手なら、話はもっと簡単だろうがね」

「まったくそのとおりだな。だが、この件を現状のまま同じ路線で扱ったら、どうなるものかね。つまり、純粋に人間の謎を扱うようにして、おもしろくもなんでもない理性一点張りのやり方でということだが」

「なあ、ロウ」ヒューストンはうんざりしたように椅子を引いて立ち上がりながら言った。「きみの好きなようにやってもらっていいが、とにかく幽霊を追い払ってくれ」

ロウの到着後、しばらくはなにも変わったことは起こらなかった。例のコッコッいう音は続いていたし、ロウ自身もゴム風船のようなものが、自分の寝室の閉じているドアに向かって消えるのを一度ならず目撃したが、いずれの場合も、部屋の中で目撃するチャンスには恵まれなかった。急いでその物体を追いかけても、どうしても見失ってしまう。屋敷の中を隅々まで歩き回って、調べ忘れたところがないほど徹底的に調査し尽くした。屋敷には地下はなく、基礎は分厚いコンクリートになっていた。

やっと六日目の晩になって、新たな事件が起こった。思いつく限りの調査が終わりに近づいたころだった。その二日前、ロウとヒューストンは、執拗に音をたてながら廊下を行き来するものをひと目見ようと見張りを続けていたが、なにも現われないのでがっかりしていた。三日目の晩には、ロウはいつもより少し早めに部屋に引き上げ、すぐに寝てしまった。

足元になにか重たいものを感じて、ロウは目が覚めたという。それは動きの鈍いのろのろしたもののように思えた。確か、ガス灯をつけっぱなしにしていたはずなのに、部屋は真っ暗だった。

次にロウが気がついたのは、ベッドの上のそれがゆっくりと位置を変え、次第に胸のほうに上がってきたことだった。どうしてこんなものがベッドの上に上がってきたのか、まるで見当もつかない。飛びあがったのか、よじ登ったのだろうか？　このときロウが体験した衝撃は、そいつはどっしりと重く、どろどろした体をしていて、這うでもなく、絡みつくでもなく、膨張して広がるようにして移動してくることで、なんとも不気味な感覚だった。足を動かそうとしても、そいつの重みで麻痺したように動かない。意識を失いそうな感覚に圧倒され、昔、氷山の浮かぶ海で体験したような凍えるほどの冷気が、あたりの空気に充満してきた。

激しくもがいて、なんとか両腕は動くようになったが、それはますます顔のほうへと広がってきて抵抗できない。すると、鉛色のめくれあがった瞼をもつ、ふたつのガラスのような目に見下ろされているのに気づいた。人間の目なのか、獣の目なのかはわからないが、まるで死んだ魚の目のようにうるんでいて、中から青白い光を放っていた。

ロウはすっかり恐怖に飲み込まれていた。とはいえ、この不気味な訪問者にひとつ奇妙な点があるのに気づくくらいの冷静さはまだ残っていたようだ。その頭が、ロウの頭から数インチしか離れていないところにあるというのに、息遣いがまるで聞こえないのだ。だんだん息が苦しくなってくるのがわかった。さっき体を這い上ってきたのと同じように、そいつがロウの顔に覆いかぶさってきたのだ。なにかの粘液の塊なのか、怖ろしいカタツムリのように、ひんやり冷たくじっとりしている。それが徐々にずっしりと重たくなってくる。ロウは力のある男だったので、それの頭に何度も拳を打ちつけた。拳の下でなにかがへこみ、肉が傷つくおぞましい感触があった。

運よく身をよじることができ、ベッドの上に体を起こすことができた。体勢の悪い中、できる限りの力をふるって、この得体の知れないものを叩き落そうとしたが、殴打の雨を降らせても、それは時折びくっと震えるだけだった。やがて、ロウの手が偶然にそばにあった燭台に当たった。ロウはマッチがあったことを思い出して、それをつかんで擦った。

明かりが灯ると、その塊は床に落ちた。ロウはベッドから飛び降り、蝋燭に火をつけた。足に冷たい感触があったが、見下ろして見てもなにもいない。寝る前に鍵をかけておいたはずのドアが開いている。ロウは廊下に駆けだしたが、あたりは静寂そのもので、夜間の虚ろな空間が疼いていた。

あたりを探してみてから部屋に戻ってくると、ベッドにはさっきの格闘の跡がはっきり残っていた。時計を見ると、時刻は二時から三時の間だった。

これ以上、ほかにすることもないので、ロウは部屋着を羽織って、パイプに火をつけ、座って、心霊研究協会に宛てて、つい今しがたの体験を書き留めた。これまでの描写は、ここの機関紙から抜粋したものだ。

ロウはかなり肝がすわった男だったが、グロテスクな塊と死闘を繰り広げた事実を偽ることはできなかった。襲撃者の正体は判明しないが、この体験を裏づけるものは、店子だったフィルダーグへの襲撃と——この結論を避けて通ることはできないが——ミセス・ファン・ナイセンの死の状況だ。

ロウは、コツコツという音と消えたゴム風船のような物体とを結びつけて、状況全体を慎重に考えてみた。だが、どう考えても、なんのつながりも出てこない。まるでつじつまが合わないのだ。しばらくして、ロウは下へ降りて、ヒューストンの部屋で寝ることにした。

「それは、いったい何だったんだ？」ロウの体験を聞き終わると、ヒューストンが訊いた。

ロウは肩をすくめた。

「少なくとも、フィルダーグは夢を見たのではなかったということは証明されたわけだ」

「だが、これはとんでもないことだぞ！　前よりもさらに事態はわけがわからなくなってしまった。屋敷を取り壊す以外、方法はない。今日、ここを出て行こう」

「まあ、そんなに慌てるなよ。ぼくの最大の楽しみを奪う気か？　我々は重大な発見の瀬戸際にいるのかもしれないぞ。この一連の霊現象は、この前きみに話したウィーンの謎よりもずっと興味深い」

「大発見があろうがなかろうが、ぼくはいけ好かない」ヒューストンは言った。

翌朝、まずロウは十五分ばかり外出した。朝食前に、ひとりの男が手押し車一台分の砂を庭に運び込んできた。ロウは新聞から目を上げると、窓から身を乗り出して指示を与えた。

その数分後、ヒューストンが降りてきて、芝生の上に黄色っぽい砂が積み上げられているのを見て驚いた。

「おやおや、これはいったいなんだね？」

「ぼくが注文したんだ」ロウが答えた。

「わかった。で、なんのために？」

「我々の調査のためだよ。あの訪問者は触ることができる。ベッドの上にはっきりした痕跡を残している。だから、砂をまいておけば、その上に痕跡が残るだろうと思ったわけだ。この幽霊がどのような足で歩き回っているのか、なにか的を得た考えがつかめたら、大きな進歩になる。二階の廊下に砂をたっぷりまいておこう。今夜、コツコツという音がしたら、きっと足跡が残るはずだ」

その夜、ふたりはヒューストンの部屋で火をおこし、座ってパイプをくゆらせたり、話をしたりして過ごした。ヒューストン曰く、今回は幽霊に〝自由に歩き回らせる〟ためだった。いつもの時間になると、例の音が聞こえてきて、その音はいつものように廊下の端へ行って止まり、静かにドアが閉まる音も聞こえた。

ロウは聞き耳をたてながら、満足そうに長い溜息をついた。

「ぼくの部屋のドアだ。間違いようがない。朝になって日の光があるところで、なにが見られるかはお楽しみだ」

足跡を調べるのに十分なほど明るくなると、ロウはヒューストンを起こした。

ヒューストンは子供のように興奮していたが、廊下を隅から隅へ調べるうちに、その期待はしぼんでしまった。

「確かになにかの跡はあるが、これがなんであれ、そのお騒がせ幽霊と同じくらいわけがわからない。これが昨日の夜、きみを襲ったものが残した足跡だと思うか？」

「そうだと思うが」屈み込んでまだ床を熱心に調べていたロウは言った。「ヒューストン、きみはこれをどう思う？」

「まず、こいつは一本足だね」ヒューストンが答えた。「その足は大きなツメのない肉球の跡を残している。なにかの動物、あるいは人を食らう怪物だな」

「ぼくの意見は反対だ」ロウが言った。「これが人間だと結論づけるあらゆる証拠を握ったと思うね」

「人間だって？　こんな足跡を残す人間がいるか？」

「傍らにあるへこみとすじの跡を見てみろよ。これは杖の跡だ。コツコツという音の原因さ」

「納得できないね」ヒューストンが頑固に言い返した。

「もう二十四時間待ってみよう。明日の晩、なにも起こらなければ、ぼくの結論を説明しよう。よく考えてみてくれ。コツコツいう音、ゴム風船、ファン・ナイセン氏がトリニダードに住んでいた事実。これらの事実に肉球のようなたったひとつの足跡をプラスすれば、なにかひらめくことはないかね？」

ヒューストンは首を振った。

「まるでひらめかないね。きみとフィルダーグ両方に起こったことと、これらの事実を結びつけることはできないな」

「ああ、そうか！」ロウは顔を曇らせた。「きみの言葉で別のことに思い当たったのだが、ぼくにとってはこれらは完全に関連しているよ」

ヒューストンは眉を上げて笑った。

「きみがこの事件のもつれた手がかりをひもといて、幽霊の正体を突き止めることができるのなら、まったく脱帽だな。きみはあの足のないものの痕跡をどう思うんだ?」

「ぼくの希望にすぎないかもしれないが、あの痕跡は手がかりになる可能性はある。とんでもないものだが、まだ手がかりのひとつなんだ」

その夕方は天候が崩れ、夜には嵐になって突風が吹き荒れ、激しい豪雨になった。

「騒がしい夜だから」ヒューストンが言った。「今夜は、幽霊が現われても、音が聞こえないかもしれないな」

これは夕食の後で、ふたりは喫煙室に向かおうとしていた。廊下のガス灯の火が小さくなっているのに気づいたヒューストンが、立ち止まって明るくしようとした。ついでに、二階のガス灯の火もちゃんとついているかどうか見てくれるようロウに頼んだ。

ロウが二階を見上げたとき、かすかな声をあげたので、ヒューストンがすぐにそばにやってきた。二階の手すり越しにふたりを見下ろしている顔が見えた。あばたのある黄ばんだ顔で、脇にむくんだふたつの耳が飛び出している。全体的な印象は妙にライオンを思わせた。だがそれはほんの一瞬のことで、視線が合って挑むような目がぎらりと光ったかと思うと、さっと顔が引っ込んだ。ふたりは文字通り、跳ねるように階段を駆け上がった。

「影も形もない」二階のあらゆる部屋を探しまわった後、ヒューストンが叫んだ。

「なにか見つかるとは思っていなかったがね」ロウが答えた。

「これで、またわけがわからなくなった」とヒューストン。「これでもまだ謎を解けるというのかね？」

「下へ戻ろう」ロウはあっさり言った。「このあたりでぼくの意見を披露するとしよう」

喫煙室に入ると、ヒューストンはあたふたとすべての明かりをつけてまわり、窓の戸締りを確認し、暖炉の火を勢いよくした。一方、ロウはいつものように、タバコをくわえてテーブルの端に腰かけ、おもしろがるようにヒューストンを見ていた。

「あの異様な顔を見ただろう？」ヒューストンはどさりと椅子に腰を下ろしながら言った。「あれは、きみやぼくと同じように形あるものだった。だが、いったいどこへ行ってしまったんだ？　どこかにいるに違いない」

「確かにぼくたちはあれをはっきり見た。ぼくらの目的のためにはこれで十分だ」

「きみは問題点を列挙するのが得意だな、ロウ。今度は、ぼくの意見を聞いてくれ。新たな発見があるたびに、ますます問題は困難になっていくじゃないか。ぼくたちはどうにも行き詰ってしまったじゃないのか？　え？　杖とコツコツという音は老人を示しているが、ゴム風船で遊んでいるのは子どものようで、足跡はツメのないトラの肉球のようなのに、夜、きみを襲った奴は冷たくてぶよぶよしていたという。極めつけは、あのライオンのような人間の顔だ！　これらを筋道たてて説明できるというのなら、喜んで拝聴するよ」

「まずは、きみにひとつ質問させてくれ。確か、きみと老ファン・ナイセン氏の間には血縁関係はないと聞いたと思うが？」

「そのとおりだ。彼はまさによそ者だよ」ヒューストンは無愛想に言った。

「そうなら、ぼくの結論に納得するだろう。きみが言ったことはすべて、ひとつの説明に行きつく。この屋敷は、ファン・ナイセン氏の幽霊に憑りつかれている。彼はハンセン病だったんだ」

ヒューストンは立ち上がると、ロウを睨みつけた。

「なんて恐ろしいことを考えるんだ！　どうしてきみがそんな結論に達したのか、まるでわからない」

「一連の証拠を並び替えて考えてみればいい」ロウが答えた。「どうして人は杖を持つんだ？」

「目が見えないからだろう」

「目が見えないなら、歩くのに杖は一本で十分だ。だが、今回の場合は二本必要だった」

「足が利かなかったということか？」

「そのとおり。なんらかの理由で足の自由が一部利かない人間だ」

「だが、ゴム風船やライオンのような顔については？」ヒューストンがさらに訊いた。

「我々にはゴム風船のように見えたものは、病のために歪んだ彼の足の一部だったのだよ。おそらく亜麻布かなにかでくるんであったのだろう。歩くというよりその足を引きずっていた。そのため、例えばドアを通り抜けるとき、後ろにその足が残って、体の後からついていくことになる。そして、ぼくらが見た一本足の足跡についてだが、ハンセン病の症状のひとつとして、四肢の先端の小さな骨が脱落することがよくある。肉球のような足跡は、もう片方の足、つまり普段彼が使っていた足指のない足の跡だと思う。この病が進行すると、きかなくなった手足が癒着して硬化してしまうからだ」

「続けてくれ」ヒューストンが促した。「確かにもっともらしいように思えてくる。それなら、ライオンのような顔はぼくにも説明できるぞ。ぼくは中国にいたことがあるが、ハンセン病患者の中に、あのような顔を見たことがある」

「ファン・ナイセン氏は、長いことトリニダードにいたことがわかっている。おそらくそこで罹病したのだろう」

「ぼくもそう思う」とヒューストン。「彼は帰国した後、ほとんど屋敷に閉じこもっていた。本人はリューマチに苦しんでいると言っていたが、本当はハンセン病だったのだろうな」

「それで、ミセス・ファン・ナイセンが夫の元に戻ろうとしなかったことも説明がつく」

ヒューストンは動揺を隠せなかった。

「確かにそれは見過ごすわけにはいかないな、ロウ」ヒューストンは苦し気に言った。「だがまだ、はっきりしないことがたくさんある。続けてくれ」

「ここからは、ぼくも確信があるわけではないが」ロウはしぶしぶ答えた。「単なる推測だから、納得しろとは言わない。ミセス・ファン・ナイセンは殺されたのだと、ぼくは思う」

「なんだって?」ヒューストンが声をあげた。「自分の夫にか?」

「その可能性が高い」

「だが、ロウ……」

「ファン・ナイセン氏は妻を窒息死させ、自殺した。彼の遺体が発見されていないのは残念だが、今さら見つかっても、遺体の状況はぼくの推理を十分に裏づけるだけだろう。彼がハンセン病だったことがはっきりしてね」

長い沈黙の後、ヒューストンがまた別の質問をした。

「だが待ってくれ、ロウ。幽霊は一般的に実体をもたないものだろう。今回のケースでは、我々の幽霊はまぎれもなく触れることができる肉体を持っていた。これはおかしなことではないのか？　きみの推理でだいたいは明らかになったが、この死んだハンセン病患者が、どうしてきみや老フィルダーグを殺そうとしなければならなかったのか、それにどうして殺人を犯せるほどの物理的な力をもつようになったのか、説明してくれないか？」

ロウはタバコを手にとって、先端をしげしげと眺めた。「純粋に理論上の話になってしまうが、悪魔的な媒体といったものがあると仮定しないと説明できないケースがあることが知られている」

「悪魔的な媒体だって？　理解できないな」

「整理してみようか。この問題は、まだまだ研究が進んでいなくて不明瞭な部分が多いのだよ。ファン・ナイセン氏が類をみない非道な殺人を犯して、その後自分も命を絶った。自殺した者の亡骸は、たとえ腐敗状態でも霊の影響をことさら受けやすいことが知られている。こうした知識に加えて、邪悪な霊の究極の目的は、物理的な肉体を手に入れることだということを考えなくてはならない。ぼくの推理から論理的な結論を引き出すとしたら、ファン・ナイセン氏の遺体はこの屋敷のどこかに隠されていて、ときどきなんらかの霊によって再生され、一定の時期にファン・ナイセン夫妻のおぞましい悲劇を再演するよう強制されているということだろう。生きている人間がたまたま最初の犠牲者の座についた場合は、その人間にとって最悪の事態になる」

その後しばらく、ヒューストンは、この異様な説に対してなにも言わなかった。

「きみは以前にもこうした類の事件に遭遇したことがあるのか?」やっとヒューストンが訊いた。

「そういえば」ロウは考え込んでから答えた。「このような仮説が成り立ちそうなケースはたくさんあったよ。一八八八年前半に、バスナーによって徹底的に調査された憑依事件は中でも興味深い。このときは、幸いなことにぼくも調査を手伝った。さらに、最近ぼくがウィーンで関わった事件にも、今回と似たような特徴があった。まあ今回は、遺体の発掘捜査はやめておくべきだな。それだけではっきりした結果が得られるかもしれないが」

「それじゃあ、きみの意見では、この館を解体すれば、今回の事件がもっと解明できるかもしれないということか?」ヒューストンが訊いた。

「それ以上のいい方法はないね」とロウ。

ヒューストンはきっぱりと断言して、この話題を終わりにした。

「この館を取り壊すことにするよ!」

そして、スペイン人館は解体された。

これが、ハマースミスのスペイン人館事件の顛末だ。そもそもこの事件が、フラックスマン・ロウの事件簿の中に入れられた理由は、ほかの事件に比べて奇妙という点では見劣りするかもしれないが、ロウがこうした事件をいつも調査するときのその独特な手腕の粋を十分に目の当たりにさせてくれると思われたからだ。

例の屋敷の解体は、可能な限り早く始まり、長くはかからなかった。作業の初期段階で、踊り場の隅の床板の下から、一体の骸骨が発見された。指の骨のいくつかが欠落していたことや、ほかの兆候から、遺体はハンセン病患者のものであることが確実になった。

この骸骨は現在、当市の病院博物館におさめられている。遺体には科学的な解説がつけられ、フラックスマン・ロウの調査方法が正しかったこと、その特異な理論が真実であったことを証明する証として残っている。

メダンズ・リー事件

The Story of Medhans Lea

この次の話は、かつてバーツの住み込み外科医だったネア＝ジョーンズによって語られた事件をまとめたものだ。彼がメダンズ・リーと、ひっそりしたブナ林の並木道の両方で体験した奇妙な恐怖話、友人のサヴェルサンが、ビリヤードルームにいたときとその後に見聞きしたこと、猪首の大男ハーランド自身が目撃した、音はたてないが明らかにそこにいる存在の話で構成される。最終的に、この三人の男たちと著名な心霊学者フラックスマン・ロウの間で話し合いが行われることになった事件だ。

一八八九年一月十八日、ハーランドとふたりの客が、メダンズ・リーにある家で、忘れることのできない夜を過ごしたのは、まったくの偶然のことだった。その家は、イングランド中部地方のある郡の、部分的に木々の茂った尾根に続く傾斜地の上に建っている。南に面していて、ブレドンの丘の青い稜線に区切られた広い谷を見下ろすことができた。隔絶した場所で、もっとも近い住居といえば、このロッジの門から数マイル半ほど離れたところにある辻付近の小さなパブだけだ。

メダンズ・リーは、長くまっすぐそびえたつブナの並木などで有名だ。この家の賃貸契約をしたとき、ハーランドは、ブナ並木のことだけを考えていて、ほかのことは頭になく、後々までなにも知らなかった。

ハーランドは、インドのアッサムで紅茶農園を経営して財を築いた。長所も短所もいろいろあったハーランドだが、人生のほとんどを海外で過ごした。初めてこの家を訪れたとき、彼の体重は一〇八キロほどあり、なにか言うたびに〝そんなことも知らないのか?〟と語尾を結ぶ癖があった。彼の考えは崇高とはとても言い難く、その体重を維持することを人生のおもな目標にしていた。赤らんだ首にブルーの瞳、筋骨たくましく、悪気のない人のいい男で、惜しみなく人に分け与える心意気があり、バンジョーに合わせて歌う声は見事だった。

賃貸契約にサインした後、ハーランドはメダンズ・リーの家に大々的に手を入れて、きちんと整備してきれいにする必要があることに気づいた。工事を行っている間、近隣の町を行き来して、そこでホテルに泊まったり、ほぼ毎日のように馬車で戻っては、新居の整備状況を監督したりした。そういうわけで、クリスマスと新年の時期は家を空けていて、一月十五日ごろに、友人のネア＝ジョーンズとサヴェルサンを伴って、例のパブ、レッド・ライオンに戻ってきた。友人たちがハーランドの新居で、翌週を過ごそうと言い出したのだ。

十八日の夕方に彼らがメダンズ・リーに入った直接の理由は、ハーランドが言ったように、レッド・ライオンには小さなビリヤード台しかなく、一方で彼の新居には見事な台があったからだ。さらに、家の左翼側には広いビリヤード室があり、大きな窓からはブナ並木の一部を見下すことができた。

「くそっ！　もっと急いで家を仕上げてくれたらなあ」ハーランドが言った。「塗装はまだ終わっていないし、みんな月曜までロッジに来ないいんだ」

「確かに残念だな」サヴェルサンが悔しそうに言った。「そんなにいいビリヤード台があるというのに」

サヴェルサンはビリヤードに熱を入れていた。たまたま茶の仲買の仕事がないときは、いつもビリヤード三昧というありさまだった。彼もまた工事の遅れをことさら残念に思っていた。というのも、ハーランドはサヴェルサンが負かすことのできる、数少ないカモのひとりだったからだ。

「それはすばらしい台なんだよ」ハーランドは話を戻し、いい考えを思いついて言った。「いいことを思いついた。トムスを使いに行かせて、明日おれたちのために家を整えさせよう。サイフォンのケースとウィスキーのボトルを馬車の座席の下に入れて、夕食の後でひとゲームしに行ける」

ふたりともこの計画に賛成した。だが、朝になると、ネア＝ジョーンズは船医としての仕事のため、ロンドンへ急いで行かなくてはならなくなった。この仕事が片付いたら戻ってきて、ハーランドやサヴェルサンの後を追って、メダンズ・リーに向かうことになった。

ネア＝ジョーンズは、八時半までに満足そうな顔で戻ってきた。というのも、彼はペルシャ湾とカラチ行きの汽船を予約していたのだが、悪性のコレラが、主要な寄港地のうち少なくともふたつでメッカの巡礼者たちがやって来るのを待ち受けているという情報を得て、力をみなぎらせていたからだった。これはまさに、彼が待ち望んでいた体験ができることを意味していた。

食事を済ませ、心地よい夜だったので、ネア＝ジョーンズは、一輪馬車を頼んでメダンズ・リーへ向かった。並木道の入り口にさしかかったころには月が出た。寒気を感じ始めたが、彼は家まで歩いていくつもりで馬車を止め、そこで御者の少年と軽馬車は返した。真夜中過ぎに全員乗れる馬車で迎えに来るよう頼んであった。ネア＝ジョーンズは足を止めて葉巻に火をつけ、並木に沿って進み、誰もいないように見える虚ろなロッジを通り過ぎた。この上なく最高の気分で、足取りも軽かった。あたりはシンとした静かな夜で、襟を立て、乾いた馬車道を静かに踏みしめながら、この先のスマトラ号での青い海原の航海へと心は飛んでいた。

ネア＝ジョーンズの話では、並木を半分ほどいったところで、なにか異様なものに気づいたという。見上げれば、空はくっきり晴れた明るい夜で、その大空との境のブナ林の輪郭がはっきり見てとれた。月はまだ低く、むき出しの小枝や大枝が網の目状になった影を道に投げかけていた。この道は木々の黒いラインの間をぬって続き、ほぼまっすぐの細長い景色の先には目的の家の淀んだ灰色の正面が見えていた。家はもうあと百八十メートルもないところまで迫っていた。黒、灰色、白の鉄の彫刻のような、蒼ざめたその姿が見えてくるにつれ、彼はなにか圧倒されるものを感じた。

そんなことを考えていたそのとき、耳元で急になにかささやく言葉が聞こえた。背後に誰かいるかの思って、ネア＝ジョーンズは振り向いたが、そこには誰もいなかった。明確な言葉を聞いたわけではないし、はっきり声が聞こえたわけでもない。だが、なにか恐ろしい考えが彼の意識の中に植えつけられたという確信がおぼろげにあった。

とても静かな夜だった。前方に見える家は、月明かりの中、銀色に輝き、閉ざされている感じがした。ネア＝ジョーンズは身震いすると、嫌悪と子どもじみた恐怖が混じった新たな胸騒ぎに苛まれながら歩き続けた。また、肩のすぐ後ろから、邪悪なものを孕む、声にならないつぶやきが追いかけてきた。

並木道が切れたところをゆっくりと通り過ぎ、半円になった低木の植え込みのところにくると、なにか小さなものがその茂みの影から飛び出してきて月明かりの中に落ちた。異様なほど静かな夜だったのに、それはまるで、彼の足元を突風が駆け抜けたかのように、一瞬、揺れていた。ジョーンズはとっさにそれを拾い、家のドアに向かって走り出し、力強くドアを押して開けると転がるように中に飛び込み、かんぬきを下ろした。

温かな光が広がるホールに入ると、ジョーンズの感覚は次第に戻ってきた。呼吸が整うのを待ち、落ち着きを取り戻してから、ふたりの男たちが談笑している声が聞こえてくる右手の部屋へ向かおうとした。そのとき、その部屋のドアがさっと開き、袖をまくり上げたハーランドのたくましい姿が戸口に現われた。

「やあ、ジョーンズ。きみだったのか？　さあ、入れよ」ハーランドはにこやかに言った。

「あれ？」ジョーンズは声をあげた。「どの窓にも明かりが見えなかったので、死者の家みたいだったぞ」

ハーランドはジョーンズをじっと見た。「ウィスキーソーダでも飲むか？」

ジョーンズのほうに背中を向けて、ビリヤード台の上に屈み込んでサイドストロークをしようとしていたサヴェルサンが言った。

「ぼくらがおまえのためにここをこうこうと明るくしておくとでも思ったのか？　ぼくら以外にこの家には誰もいないというのに」

「これくらいでいいか」ハーランドがボトルを傾けてグラスに酒を注いだ。ジョーンズはビリヤード台の隅にさっき拾ったものを置いて、グラスを手にとった。

「いったいこれはなんだ？」サヴェルサンが訊いた。

「わからない。すぐそこの外で、風で吹きつけられてぼくの足元に落ちたんだ」ジョーンズはウイスキーソーダを勢いよく飲みながら言った。

「足元に吹きつけられたって？」サヴェルサンはそれを手にとると、重さを確かめた。「だったら、相当すごい風が吹いていたに違いないな」

「今夜は風なんか、まったくない」ジョーンズは虚ろな表情で言った。「死んだように静かな夜なのに」

芝生や砂利道を横切っていきなり転がってきた例の小さなものは、重たい真鍮の合金のようなものでできた、変形した小さな仔牛像だった。

サヴェルサンは、ジョーンズの顔を疑い深げに見つめると笑った。

「いったいどうしたんだ？　なんか変だぞ」

ジョーンズも苦笑した。すでにこの十分間、恥ずかしい思いでいっぱいだった。

ハーランドがしばらく仔牛像を調べた。

「これはベンガルの偶像だな。かなり乱暴に扱われている。おいおい、これが茂みから飛び出してきただって？」

「まるで紙切れみたいに飛んできたんだよ。誓って言うが、そよとも風は吹いていなかったのにだ」ジョーンズが言った。

「それは妙じゃないか?」ハーランドがなんの気もなく言った。「おまえたちふたりで始めたらどうだ。俺がスコアをつけるよ」

その夜、ネア＝ジョーンズはとても調子が良かった。サヴェルサンはどうやってジョーンズをこてんぱんにやっつけようかと嬉々として頭を悩ませ、没頭し始めた。

突然、サヴェルサンが玉を撞くのをやめた。

「なにか具合が悪いことでも?」サヴェルサンが訊いた。

ふたりが立ったまま耳をすますと、押し殺したようなか細い鳴き声が聞こえた。「鳥のムナグロみたいだな」ジョーンズがキューにすべり止めの粉をつけながら言った。

「どこかから締め出された子ネコじゃないか」とハーランド。

「子どもの泣き声だ。恐怖に怯えている。連れてきて寝かしつけてやったほうがいいんじゃないか、ハーランド」サヴェルサンがそう言って笑った。

ハーランドはドアを開けた。確かに泣き声が聞こえた。くぐもったような金切り声と、痛みか恐怖かでぐずぐず泣く子どもの声のように聞こえる。

「二階みたいだ。見てくる」ハーランドが言った。

ネア＝ジョーンズはランプを持って、その後に続いた。

「ぼくはここで待機するよ」サヴェルサンは火のそばに座った。

ホールでふたりの男は足を止めて、耳をすませた。どこから声がするのかわからなかったが、確かに上の階からしているようだ。

「かわいそうに！」ハーランドは階段を駆け上がりながら叫んだ。中央の四角い踊り場に面している寝室のドアは皆、ロックされていたが、鍵は外側についていた。しかし、泣き声に導かれていくと、脇の廊下を行った先のひとつの部屋にたどり着いた。

「ここだ。だがドアには錠がかかっている」ジョーンズが言った。「声をかけてみて、誰がいるのか見てみよう」

だが、ハーランドは力づくで入ろうとした。体重をかけて思い切り体をぶつけると、錠が音をたてて隅に吹っ飛んでドアが開いた。ふたりが中に踏み込むと、泣き声はぴたりとやんだ。

ハーランドは部屋の中央に立ち、ジョーンズは明かりを持ってあたりを見回した。

「悪ガキめ！」ハーランドが大声で叫んだ。

部屋はまったくのもぬけの殻だった。

棚が置かれていたせいか傷がついた滑らかな壁以外は、ふたりが入った入り口のドアとふたつの低い窓があるだけだった。

「この部屋は、ビリヤード室の真上じゃないか？」やっとのことでジョーンズが言った。

「そうだ。ここだけまだ家具を置いていないんだ。もしかすると……」

ハーランドは急に言葉を切った。いきなり背後で嘲るような耳障りな大笑いが聞こえたのだ。その声はむき出しの壁に反響した。

ふたりは同時に振り向いた。戸口のところで、背が高く痩せた真っ黒な人影が、体を揺さぶって笑っていた。だが、ふたりが振り向いたとたん、それは消えた。男たちは廊下に飛び出して、踊り場のほうへ向かった。だがなにも見えなかった。相変わらず、ドアというドアは閉まってい て、階段やホールにも誰もいなかった。

時間をかけて家じゅうをしらみつぶしに探し回ってから、ふたりはサヴェルサンの待つビリヤード室に戻った。

「なにを笑っていたんだ?　いったいなんだい?」サヴェルサンがすぐに訊いた。

「なにも。あれはぼくらが笑ったんじゃないんだ」ジョーンズがきっぱりと言った。

「だが、声が聞こえたぞ」サヴェルサンが言い張った。「それに、子どもはどこだ?」

「おまえに上へ行って、見つけてきてもらいたいね」ハーランドが厳めしい顔をして言った。「俺たちは笑い声を聞いて、それを見た。いや、見たと思った。黒い服を着た男を……」

「法衣をまとった聖職者みたいだったな」とジョーンズ。

「そう、聖職者風だった」ハーランドも認めた。「だが、ぼくらが振り向いたら、消えたんだ」

サヴェルサンは腰を下ろしたまま、ふたりを交互に見つめた。

「まるで、この家に幽霊が出るみたいじゃないか。心霊現象研究協会の体験以外、お墨付きの幽霊なんてものはないさ。ぼくだったら、研究協会に訊ねてみるね、ハーランド。こうした古い家で見つかるかもしれないものが何かをいちいち話さないだろう」

「ここはそんなに古くないよ」ハーランドが答えた。「四十年代のどこかで建てられたらしい。俺は確かにあの男を見た。調べてみるつもりだよ、サヴェルサン。いったい何なのか、誰なのか、見張ってやる。きっとね！　イギリスの法律では幽霊だからといって大目に見るようなことはしないが、俺だってそうだ」

「それじゃ、きみがビリヤードができなくなってしまうぞ。それとも、ぼくの思い違いかな」

サヴェルサンがにやにやしながら言った。「泣いていたかと思うと、いきなり笑いだしたりする幽霊や、家の前で足元に転がってきた変形した像は、確かに些細なこととして片づけられるものじゃない。だが、十一時ちょっと過ぎとまだ夜は浅い。全員で一杯やるほうに賛成だな。それから、ぼくはジョーンズとのゲームを終わらせる」

ハーランドは、急にむっつりと放心したようになって長椅子に座り、仲間を見つめたが、いきなり言った。

「なんだかひどく《ビーストリー》寒くなったな」

「つまり、獣《ビーストリー》のにおいでもするのか」サヴェルサンがテーブルの向こうへまわりながら、不機嫌そうに訂正した。四十点勝っていたので、邪魔されたくなかったのだ。「窓から隙間風でも入ってきているんだろう」

「これまで隙間風なんかに気がつかなかったぞ」ハーランドは鎧戸を開けて確認した。

すると、夜気が一気に吹き込んできて、まるで長年封印されていた古い井戸が発するような淀んだにおいを運んできた。なにかぬめぬめした、体に悪そうな湿気のにおいだ。窓の下部が大きく開け放ってあったが、ハーランドは音をたてて閉めた。

「胸が悪くなりそうなにおいだな！」ハーランドは怒ったように鼻を鳴らした。「全員、チフスになっちまいそうだ」

「朽ちた枯れ葉のせいだよ」ジョーンズが言った。「この窓の外の木の根元に、二十回分の冬を越して腐った枯れ葉があるんだ。火曜にここに立ち寄ったときに、気がついた」

「明日、きれいにしちまおう。どうしてトムスはこの窓を開けっぱなしにしておいたのだろう」ハーランドは、鎧戸を閉めて、かんぬきをかけながらぶつぶつ言った。「なんだっけ？　四十五点か？」そして、スコアをつけに戻った。

それからしばらくゲームは続いた。ジョーンズはキューのバランスをとろうと、テーブルの上に腹這いになっていた。そのとき、背後でかすかな音が聞こえた。振り向いてみると、ハーランドの怒ったような真っ赤な顔が見え、音もなく通り過ぎて、壁の角に沿って窓に向かって歩いていくところだった。大男のわりには、驚くほど音をたてない歩みだ思ったことを、ジョーンズは覚えていた。

三人で一致して、鎧戸を見張ろうということになった。まるで、外から誰かがこっそり手を突っ込んで開けたかのように、窓が内側に開いていたからだ。ジョーンズとサヴェルサンが、テーブルの両端に向かい合うように立ち、ハーランドは侵入者を懲らしめてやろうと、身を低くして鎧戸のそばに近づいた。

果たして鎧戸が開き、反対側にいるふたりの男たちはガラスに押しつけられた顔を見た。深いしわが刻まれた邪悪な顔、その邪悪な顔が満面の笑みを浮かべている。

一瞬、まったくの静寂、ネア＝ジョーンズの視線が、互いに理解している恐怖に魅せられたように、サヴェルサンの目をとらえた。並木でつきまとわれたあの悪夢のような感覚がよみがえってきた。

怒りの衝動が抑えられず、ジョーンズはテーブルにあったビリヤードの玉をつかむと、窓の顔に向かって思い切り投げつけた。玉はガラスを割り、その邪悪な顔を通り過ぎて向こうへ飛んでいった。ガラスは粉々に砕けたが、顔はそのまま窓のところで、こちらを凝視したままにやにやと笑っている。ハーランドが飛びかかろうとすると、それはあっという間に姿をくらました。

「玉があいつを通り抜けた！」サヴェルサンが喘ぎながら言った。

三人は窓辺に駆け寄り、サッシを跳ね上げて、身を乗り出した。湿っぽいじめじめしたにおいがあたりに漂っていて、ボートのような形をした月が葉の落ちた枝の間を照らしている。低木の茂みの向こうの白い道路に、月明かりの下、ビリヤードの玉が落ちているのが見えた。それ以外はなにも見えない。

「なんだったんだ？」ハーランドが言った。

「窓のところに顔だけが見えた」サヴェルサンがなんとか自分の恐怖は気にしないようにしておずおずと答えた。「しかも、悪魔のような不気味な顔だったよな、ジョーンズ？」

「奴を捕まえられたらな！」ハーランドが眉をひそめた。「ここらへんで、こんないたずらを野放しにしておくつもりはないぞ。そうだろう？」

「おまえなら、ここらをうろついているどんな浮浪者だって捕まえられるさ」とジョーンズ。ハーランドはシャツの袖の上からでもわかる自分のたくましい腕を見下ろした。

「俺ならできるさ。だが、玉はそいつに当たったのか？」

「顔を素通りしたんだ。少なくともぼくにはそう見えた」ジョーンズが黙っているので、サヴェルサンが答えた。

ハーランドは鎧戸を閉め、暖炉の火をかき立てた。

「気味の悪い不気味な出来事だ。使用人たちがこんなナンセンスな話を耳にしなければいいのだが。幽霊が出るなんて言われたら、この家の評判が悪くなる。俺自身は幽霊なんか信じないがね。そうだろう？」ハーランドはきっぱり言った。

だが、サヴェルサンが思いがけないところで切り出した。

「ぼくもおおむね信じないね。だが、霊は犯罪現場に取り憑く運命にあって、まわりが死んでいくのを待っているなんていう考えはうんざりなのはわかっているだろう」

ハーランドとジョーンズは、サヴェルサンを見た。

「ウィスキーをストレートでやれよ」ハーランドが宥めるように言った。「おまえがそんな風に考えているなんて、今まで知らなかったな」

ジョーンズは笑った。そのとき、どうして自分が笑ったのか、どうして次のようなことを言ったのかもわからないという。

「こういうことだよ」ジョーンズは言った。「悪事に満足する瞬間は永遠には続かない。だが、罪深い霊はその罪を不滅のものにしなくてはならない。その罪は永遠の報酬はもたらさず、瞬間的にいい思いをさせてくれるだけだから。もしかしたら、数世紀も前の罪だったかもしれないが、孤独の中で、永遠にリハーサルを繰り返すという罰にとらわれているのかも。冷たく陰鬱な過ぎ去った日の罪業だよ。これ以上の怖ろしい罰は考えられない。サヴェルサンの言うことは正しいよ」

「俺たちは幽霊のことは十分知っているさ」ハーランドが明るく言った。「さあ、ゲームを続けろよ。ほら、早く。サヴェルサン」

「ビリヤードの玉は外だぞ」ジョーンズが言った。「誰が取ってくるんだ？」

「ぼくはやだね」サヴェルサンが即座に言った。「窓の近くだから、気味が悪い」

ジョーンズがうなずいて断固と言った。「しっかり窓を封印してしまいたいね」

ハーランドは暖炉から視線をそらせた。

「だが俺は……俺は鎧戸以外はなにも見なかったぞ。くそっ！　おまえたちだってわかっているだろう。俺にだってわかるさ。あの瞬間、みんなパニック状態だった。今となってみれば、きっと俺は酔いがまわっていたんだ」ハーランドは頑固に決めつけた。「俺が取ってくる」

ハーランドの野獣のような獰猛な顔が、度胸と決意で輝やいていた。「この恵まれた家に総額五千ポンド近くを費やしたんだぞ。いまいましい幽霊騒ぎで、台無しにするつもりはない！」そう言うと、ハーランドはコートを取ってそれを着た。

「茂みの間の数ヤード以外は、窓からみんな見えるよ」サヴェルサンが言った。「短杖を持って行けよ。考えてみれば、またなにか飛んでくるかもしれないだろう」

「短杖なんか、いらないさ」ハーランドが言った。「俺は怖くなんかない。とにかく今はいい。どんな相手にも素手で立ち向かってやるさ」

ジョーンズがまた鎧戸を開けた。サッシを下げ、窓を押し上げて、大きく身を乗り出した。

「そう遠くないところに落ちているよ」ジョーンズはそう言うと、足を上げて窓枠をまたごうとした。だが、あたりにはあのにおいがたちこめていて、なにか別のものの気配もあった。ジョーンズは部屋の中に引っ込んだ。「行くな、ハーランド！」

ハーランドは、血をたぎらせた目でジョーンズのほうを一瞥した。

「やっぱり、幽霊が怖いのか？」ハーランドが凄みのある口調で言った。

ジョーンズは、新たにわいてきた怖気の虫に嫌気がさしたが、それを完全に克服できずに、力なく答えた
「そういうわけじゃないが、とにかく行くな」

言わなくてはいけないことのように思えたが、ジョーンズは躊躇している自分に腹をたてていた。

サヴェルサンが無理やり笑う声が聞こえた。

「諦めて、部屋の中にいたまえ、怖気虫くん」サヴェルサンが言った。

ハーランドは何か言う代わりにただ鼻を鳴らしただけで、大きな足を窓枠にかけて外へ出た。残されたふたりは、大きなツイードの上着の背中が草の間を抜けて、茂みのほうへ消えていくのを見守った。

「きみとぼくは、救いようのない臆病者だな」サヴェルサンが露骨に不快感を表わしながら言った。ハーランドが草影に入り込みながら、派手に口笛の音をたてる音が聞こえた。

だがこのとき、ジョーンズはなにか言い返すこともできなかった。それから、ふたりは窓枠に

座って待った。月は明るく、並木が白くくっきりと見えている。密集した木々の間すらほのかに明るい。

「あいつも怖いから、口笛なんか吹いているのさ」サヴェルサンがまた言った。

「あいつが怖がることなんかめったにない」ジョーンズは無愛想に答えた。「それにぼくたちがどっちも乗り気じゃなかったことをやろうとしている」

いきなり口笛の音がやんだ。サヴェルサンはそのとき、ハーランドの大きなグレイのジャケットの肩を見たような気がしたと後で語った。両手を上げて、一瞬、茂みの上に飛び乗ろうとしているように見えたという。

それから、静寂を破って、悪魔のような不気味な笑い声がとどろいた。それに続いて、か細く哀れな子どもの泣き声。それもやむと、あたりはまったくの静寂に包まれた。

ふたりは窓から身を乗り出して耳をすませた。時間がゆっくりと過ぎていく。並木道の真ん中、砂利の上でビリヤードの玉が光っているが、ハーランドが低木の茂みから姿を現わす気配はなかった。

「もうあそこにたどり着いてもいいはずだよな」ジョーンズが心配そうに言った。

ふたりはまた耳をそばだてた。すべてが静まり返っていた。マントルピースの上に置いてあるハーランドの大きな時計が時を刻む音がやけに大きく聞こえる。

「時間がかかりすぎてないか?」ジョーンズが口を開いた。「ぼくが行って見てくるよ」

ジョーンズは草地に素早く下りた。サヴェルサンも、待てよ、と声をかけながら、後に続いた。

ジョーンズがその場で待っている間、ブタがブーブー言いながら、茂みの枯れ葉を鼻先でかきわけるような音が聞こえた。

ふたりは暗がりに向かって走り、茂みの小道にたどり着いた。その直後、茂みの下になにかが転がっていて、荒い息を吐きながらのたうち回っているのに出くわした。

「なんてことだ！」ジョーンズが叫んだ。「ハーランドだ！」

「彼が誰かの首を折ろうとしてるんだ」サヴェルサンが薄暗がりの中をのぞき込みながら言った。

ジョーンズが再び我に返った。人を助けるプロの医師としての本能が、ほかのどんな感情よりも勝った。

「発作を起こしている。ただの発作だ」ジョーンズはもがいている彼の上に屈みこみながら落ち着いた声で言った。「ただそれだけだ」

サヴェルサンの助けをかりて、ジョーンズはハーランドをなんとか開けた道に運び出した。地面に寝かせたが、その目は恐怖にあふれ、蒼ざめた唇から泡を吹いている。彼はのたうちまわっていたが、そのうち静かになった。その間、物陰からまたけたたましい笑い声が聞こえてきた。

「卒中だ。彼をここから遠ざけなくては」ジョーンズが言った。「だがまず、この茂みの中にいる奴をあぶり出してやる」

ジョーンズは、植え込みの中に走り込み、前に後ろにと探し回った。まるで十人力の力がみなぎるのを感じたかのように、彼は枝をねじり切っては、はらい落として踏みつけ、月明かりで暗がりが見えるくらいの空間をつくった。だがついに、疲れ切って足を止めた。

「もちろん、なにもいなかった」サヴェルサンがぐったりして言った。「ビリヤードの玉の一件の後、なにがあると思ったんだ？」

ジョーンズとサヴェルサンは、苦労して大男を狭い並木道へと運んだ。そして家の門のところで迎えの馬車と出くわした。


しばらくしてから、メダンズ・リーでの共通の体験について、三人の男たちの間で話し合いが行われた。ハーランドは何週間も、まともに話し合えるような状態ではまるでなかったが、それができるようになるとすぐに、ネア＝ジョーンズとサヴェルサンをミスター・フラックスマン・ロウに引き合わせた。ロウは科学者だが、心霊現象に関する研究と、メトロポールで徹底的に調査され解決された同種の事件はとてもよく知られている。

ロウはいつものように静かに聞き役に徹し、ときどき封筒の裏にメモをとりながら耳を傾けていた。三人それぞれの話を順に聞き、話の筋をまとめた。この謎から一番離れたところにいた男は、自己中心的なサヴェルサンであることに間違いなく、次は、同情する余地はあるものの、あれこれ考えすぎるネア＝ジョーンズ、三人の中でももっとも謎に近づいたのは、心優しい大男のハーランドだと、ロウはしっかり把握した。ハーランドは強い動物的本能以上のものをもっていて、この謎の事件の大半を受け入れようという精神が明らかに見てとれた。

全員が話し終わったとき、サヴェルサンがロウのほうを向いた。

「これで、事件の概要はおわかりいただけたかと思いますが、ミスター・ロウ。問題は、どうやってこれを解決するかです」

「まず、起こったことを分類してみましょう」ロウが答えた。

「泣き声は、子どもを意味しているようです」サヴェルサンが指を折って列挙し始めた。「黒い人影、窓のところの顔、そして笑い声には当然関連がありますよね。ここまでは、ぼくでもわかる。全員が男の幽霊を見た、というのが結論ですね。おそらく幽霊は聖職者で、生前、子どもを虐待していた。彼の罰は、彼が犯罪つまり虐待を行っていた現場に取り憑くことなのです」

「正確には、その罰は人間に見られる可能性のある状況下でないと効果がない」ロウが言った。「子どもに関しては、泣き声は単なる舞台効果の一部であって、子ども自体はそこにいなかった」

「でも、その説明では、いくつかのポイントが成り立たなくなります。ぼくの友人のネア＝ジョーンズが体験した暗示的な出来事についてはどうですか。ミスター・ハーランドの発作の原因はなにか。彼は決して恐怖やその他の激情にかられてのことではないと断言しています。これらすべての出来事とあのベンガルの像をつなげる関連性とはなんなのか？」サヴェルサンが言った。

「まず、ベンガルの像をとりあげてみましょう」とロウ。「これは、つじつまの合わないこれらの出来事のひとつにすぎず、一見、残りの現象とはまるで相いれないように思えます。でも、こうしたものは、自分たちの説が証明されるか否かの試金石になりうることも多い」ロウは話しながら、テーブルの上の金属の仔牛像を取り上げた。「これは、子どもと結びつけるべきでしょう。よく見ると、玩具がたいていそうであるように、こすれたり、くぼんだりはしていますが、乱暴には扱われていません。これを持っていた子どもには、英国とインドの血を引く親戚がいると言っていいでしょう」

この言葉に、ネア＝ジョーンズは身を乗り出して、今度は自分でそれを調べた。サヴェルサンは、かすかに懐疑的な笑みを浮かべていた。

「それは独創的な仮説ですね」ジョーンズは言った。「でも、ぼくたちは本当は、事実にまるで近づいてもいないのでは」

「メダンズ・リーのこれまでの歴史を調べることが、唯一の証明になるでしょう。ここで起こった出来事がこの仮説を証明してくれるでしょうから。でも、ぼくはメダンズ・リーのことや幽霊のことを、この部屋に入るまで聞いたことがなかったので、そうした情報は知りません」

「ぼくはメダンズ・リーのことをいくらか知っていますよ」とジョーンズ。「ぼくは、ここにいる間に、ここについてたくさんのことを知りました。だから、ミスター・ロウのやり方に喝采を送るべきでしょう。彼の仮説は、この事件のさまざまな事実をすばらしいやり方で一致させていますよ。この家に幽霊が出ることはずっと知られていました。ずいぶん昔、インドの高官の未亡人だった女性が、ひとり息子とふたりでここに住んでいたのです。この未亡人は息子のために住み込みの家庭教師と契約し、その男は司祭のような黒くて長いコートを着ていました。そして地元の人たちからイエズス会士と呼ばれていた。

ある夜、男はこの少年を例の低木の茂みへと連れて行きました。叫び声が聞こえ、少年はなんとか連れ戻されましたが、正気を失っていました。ひっきりなしに泣いたり叫んだりするばかりでしたが、いったいなにがあったのか、生涯語ることはなかったのです。この仔牛像については、おそらくその母親が、インドから持ち帰ったと思われるもので、少年がそれで遊んでいたのでしょう。それ以外の遊びは許されていなかったから。あれ？」仔牛像をいじくっていたジョーンズが、隠されたていたバネのようなものに触れたようだった。いきなり仔牛の頭が開いて、小さな空洞があらわれ、そこから子どもがこしらえたようなブルーのビーズがついた小さな指輪が転げ落ちた。ジョーンズはそれを拾い上げた。「これが十分な証拠になるのではないでしょうか」

「確かにそうだろうが」サヴェルサンがしぶしぶ認めた。「そうすると、きみが感じた例の戦慄と、ハーランドの発作についてはどうなんだ？　きみは子どもになにがあったのか知っているはずだよな、ハーランド。茂みの中でなにを見たんだ？」

ハーランドの血色のいい顔が妙に蒼ざめた。

「確かになにかを見たよ」ハーランドはためらいがちに答えた。「だが、それがなんだったのか、思い出せないんだ。覚えているのは、目に見えない恐怖にとらわれたことだけで、翌日、宿で目覚めるまでなにも記憶にないんだ」

「あなたはこれの説明がつきますか、ミスター・ロウ？」ジョーンズが訊いた。「それに、ぼくが並木で体験した奇妙なささやき声も」

「ぼくは、大気の影響説だと思いますね。大気中には環境の力が内包されていて、ある特定のシーンや思考を再現することができるというものです。これがきみの五感に光を投じた。ミスター・ハーランドの場合も同様です。このような影響力は、ぼくたちがもっているどんな考えよりも、日々の体験で遥かに大きな役割を演じるものなんですよ」

一同はしばらく黙り込んだ。そして、ハーランドが口を開いた。

「俺たちは、この問題について言うべきことはすべて話しました。みんな、あなたにとても感謝してますよ、ミスター・ロウ。あとのふたりがあなたにどう言うかはわからないが、俺に言わせれば、長生きして十分なほど幽霊を見てきましたよ」

「もう今は、あなたに異論がなければ、俺たちはもっと愉快な話を語り継いでいこうと思ってますよ」ハーランドは疲れたように締めくくった。

荒地道の事件

The Story of The Moor Road

「医療に関わる者には、必ずそれぞれ独自の路線というものがあるはずです」フラックスマン・ロウは言った。「ある者は医療品を商い、ある者は単なる趣味の域、またある者はものの本質が密に結びついた奥の深い真剣な研究対象としています。今、心霊現象研究のいち学徒として、ぼくは、自分がごく一般的な医師よりは梯子の二段ばかり上にいると思っていますね」

「どうしてそう思うのかね?」デイムリー大佐が、テーブルの向こうから、いかにもうまそうな古いポートワインのデカンタを押しやりながら訊ねた。

「神経や脳の専門家は、あなたがちょっとした腰痛を感じたときに呼びにやる医者とぼくとの間の梯子段にいる存在なのです」ロウはかすかな笑みを浮かべながら言った。「どちらの分野も、同じ梯子段の上のほうにいますが、上に昇るほど未知の領域に入り込む。ぼくがいるのは、脳の疾患や狂気の研究をしている専門家たちよりも一段上だと思っています。彼らは肉体のある霊魂の異常に取り組み、わたしは分離された自由な霊魂の異常を扱います」

デイムリー大佐は声を上げて笑った。

「それは理解できないな、ロウ! だめだ、だめだ。まずは、きみの幽霊たちが病気であることを証明しなくては」

「ごもっとも」ロウは厳めしい顔で言った。「肉体の死の後、霊魂が幽霊として戻って来る確率は非常に低い。そこから、我々は幽霊は異常な状態にある霊魂だと結論づけられるかもしれませんよ。肉体の異常はたいてい病気だとわかるのに、どうして霊魂の異常もそうだと言えないのでしょう?」

「確かにそれはそのようですな」三人目のレーン・チャダムが口をはさんだ。「大佐は例の幽霊の話はもうしたのですか?」

大佐は半分いらついたように、きれいな白髪の頭を振った。

「まだあれが幽霊だと決まったわけではないよ、レーン」大佐はそっけなく言った。「わたしの見解では、この世のほとんどのものの原因は、人間の本質に根差していると思う」

「その幽霊とはどんなものです?」ロウは訊ねた。「去年、ご一緒したときは、そんな話はなにも聞いていませんでしたが」

「最近、起こったことなんですよ」とチャダム。「ぼくとしては、我々でそれを解決できたらと思っているのですが」

「きみが見たのですか?」ロウは長いドイツ製のパイプに火をつけながら訊いた。

「ええ。それに触ってもいます」

「なんだったのです?」

「その答えを出すのはあなたですよ。もう少しで、そいつに首をへし折られるところでした。それだけは誓って言えることです」

ロウはレーン・チャダムのことをよく知っていた。手足の長い、スポーツ万能な若者で、南西部のバドミントンでは、百ヤード走の平均タイムを引き上げたとして、さまざまな短距離選手のひとりとして名前があがり、部屋には優勝カップがたくさん並んでいるような男だ。当然、簡単に首をへし折られそうになるような若者ではなかった。

「事の始まりは？」ロウが訊いた。

「二週間ほど前のことです」チャダムが答えた。「ぼくは小川の近くで遠矢競技の練習をしていました。そこは去年、猟犬がカワウソを仕留めたところです。あたりが暗くなり始めたので、深い穴がぽっかり開いている古い石切り場のそばを通って家に帰ることにしました。小川の向こう側の土手を歩いていくと、手前の土手の葦の根元の砂地に、ひとりの男が立っていてこちらを見ているのが見えました。近づくと男が咳をする音が聞こえました。病気のウシのような咳でした。男はまるでぼくを待っていたかのようにじっと動きません。妙だと思いました。だって、池や湿地しかないような場所で見知らぬ人間に会うことなど、まずありませんからね」

「その男をはっきり見ましたか？」

「体格ははっきりわかりましたが、顔は見えませんでした。男の背中が西側に向いていたからです。背は高かったと思いますが、そうですね、安普請の家のように全体的にぎくしゃくと不格好でした。子どもほどの小さな頭をしていて、耳が立った奇妙な毛皮の帽子をかぶっていました。さらに近づくと、男は突然、避けるように飛び退きました。大きな水路の後ろを飛び越え、その姿が見えなくなりました。でもぼくはとくに気にもしませんでした。銃を持っていたし、ただの浮浪者だと思い込んだのです」

「浮浪者はきみのような体格の男を目で追ったりしないものだよな」ロウは笑みを浮かべながら言った。

「でもこいつはついてきたのです。男が立っていた場所、やわらかな砂地のところを通ったとき、足跡を探してみました。男の身長から思うに、大きな足をしていたはずです。ところが、足跡などまるでなかったのです！」

「足跡がなかった？　暗くて見えなかっただけではないのか？」デイムリー大佐が割って入った。

「足跡があれば、見逃すはずはありません」チャダムは静かに言い張った。「それに、あれだけの勢いで飛び跳ねたのなら、かなり深い跡がつくはずです。あの日は一日中、強い東風が吹いていたので、砂地は真平らでした。まわりを見ても、足跡らしきものはなにもありません。ぼくは、石切り場の上の丘に行ってみました。すぐにぼくは誰かに後をつけられているのに気づきました。でも、なんの姿も見えません。石切り場の下の池のようになっているところにサンザシの茂みが張り出しているのをご存じですよね？　ぼくはそこで立ち止まって、水の中になにか見えないか崖のふちから身を乗り出してみました。そのとき、鋼鉄製の穴あけ器のようなもので背中の一点に当たったような痛みを覚えました。とっさにぼくは、石切り場の壁を思い切り蹴って、下に見える切り立った岩を避けるようにしてなんとか飛んだのですが、水に落ちてしまいました。水にたたきつけられたとき、衝撃で息が止まりそうでした。でもぼくは銃をつかんで、少ししてから崖の下の岩棚によじ登って、上にいる相手が次にどう出るか、待ちました。相手もまた待っていました。こちらからはその姿は見えませんでしたが、薄暗がりの中で奴の咳の音が聞こえてきました。あんな身の毛のよだつような音はこれまで聞いたことはありませんね。大佐には笑われましたが、ぼくはあんなおぞましい状態のまま、三十分ほどそのまま待っていたのです。結局、ぼくは池を向こう岸へ泳いで、家に帰りました」

「確かにわたしはレーンを笑ったよ」大佐が言った。「だがそれでも、あそこから水中に落ちるのは危険だ」

「背中に何か当たったと言いましたね？」ロウがチャダムに訊いた。

「ええ。奴の指は鉄の穴あけ器みたいでしたよ」

「大佐の奥さまはこの件についてなにか言っていますか？」ほどなくロウが訊いた。

「妻やオリヴィアにはなにも話しておらんよ」大佐が答えた。「不必要に彼女たちを怖がらせることになってしまう。暗くなってから我々が遠矢やなにかをしに出かけようとしても、大騒ぎするだろう。彼女たちのことが心配なだけだ。ふたりはよく荒地道を通って、ニューベリーまで行くからね。あの道は、石切り場のそばを通るのだよ」

「相変わらずおふたりは毎晩、手紙を受け取りにお出かけに？」

「相変わらずだ。いくら言っても、スタッブスを連れて行こうとしない」大佐は気がめいったようにロウに言った。「女性というものは天使だよ。彼女たちに祝福あれだが、相手にするとなると、どうにも手に負えない。彼女たちはいつも理由を知りたがるからだ」

「それで、ロウさん、この件についてどう思われますか？」チャダムが訊いた。

「話はこれで全部ですか？」

「ええ。ですがそういえば、リヴィーが夜に茂みの中で誰かが咳をしているのが聞こえたと言っていました」

「すべてがきみの言うとおりなら――失礼、疑っているわけではありませんが、こうしたケースの場合、想像力というものが思いがけない役割を果たすことがあるのです。きみは稀有な体験をしたといっていいでしょう。この話は、通常の論理では説明することができないもののようです」

それから三人は、夫人たちのいる居間へと戻った。そこでは、デイムリー夫人が相変わらず小説に没頭していた。リヴィーは、このロウ・リディングスにレーン・チャダムがしょっちゅういるせいか、気持ちが浮き立っているように見えた。チャダムは大佐の遠い親戚で、ノーサンバランドに長逗留するときは、大佐のこの家に厄介になるのが常だった。

この怪異が起こる数年前、デイムリー大佐は荒涼としたノーサンブリアの荒野の南の窪地に建つ頑丈な農家を購入し、拡張した。ここは淡い青空と、不揃いな黒い松の木のシルエットに縁どられた土地だ。

この農家から延びる小道は、吹きさらしの高台を越えて下り、鉄橋の下をくぐって、再び上って荒れ地の高い地点を横切り、ニューベリーの小さな町の郊外へと消えていく。この荒地道はことさら寂しいところで、しばらくいっても家は一軒しか見当たらない。道はその家の戸口のすぐ前を通っているが、ここは鉄橋と石切り場の間にはさまれた狭い土地で、とくに寂しい場所だった。石切り場の向こうには、葦沼と草地が交互に現われる湿地帯が広がっていて、大佐の手腕により、この土地はカモ猟の場として整備され、近隣の憧れの的になっていた。

荒地道はこのようにうら寂しいところだが、デイムリー家の者たちはたびたびここを利用していた。たいした面白味もなく、時間もかかる本道よりも気に入っていたのだろう。ミセス・デイムリーとオリヴィアは、夕方になると郵便物を取りに馬車で出かけた。とくにすることのない人がたいていそうであるように、早く手紙を受け取りたがっていた。郵便局にはたいていデイムリー家宛ての小包が届いていたので、時間に関係なく取りにくるものと思われているふしもあった。だから、石切り場でレーン・チャダムが襲われたという事実は、ロウ・リディングスの住民にとっては、現実の脅威として捨て置けないことだった。

翌日の朝食時、リヴィーが、雑木林のところで誰かが咳をする音が夜半まで聞こえたと言った。

「どの方向から聞こえました?」ロウが訊いた。

リヴィーは窓のほうを指さした。そこからは門とうっそうと茂る境界の生垣が見えた。生垣の赤い葉はまだ鮮やかだった。

「その誰かにあなたも興味がおありですか、ミス・デイムリー?」

「もちろんですわ。かわいそうでしょう。いつかの晩、その人を探しに外へ出ようと思ったのですが、許してもらえませんでした」

「それは、そいつがこんなに妙な奴だとわかる前のことでした」チャダムが言った。「今度、そいつが現われたら、きみのためにきっと捕まえてやる」

本気で彼らはそうするつもりだったが、生垣のあたりから咳が聞こえたとはいえ、なにか生き物が動いたり、木々の間に隠れようとするのを見たものは誰もいなかった。

この一件は次の段階へと進んだ。リヴィーが奇妙な体験をしたのだ。家族が集まる夕食の席で、リヴィーは興奮を抑えられずに話した。咳をしている浮浪者を見たというのだ。

レーン・チャダムは顔色を変えた。「リヴィー、まさか、ひとりでそいつを探しに行ったわけじゃないだろうね？」半ば怒ったように言った。

ロウと大佐は、賢明にもリヴィーの話にあからさまに動揺することなく、カキのパテを食べる手を止めなかった。

「どうして、いけないの？」リヴィーがすぐに言い返した。「夕方、石切り場の近くを通ったとき、スカリーの小屋の中にいるその人をたまたま見かけたのよ」

「なんだって？」大佐が叫んだ。「スカリーの小屋だって？　それは調べなくてはならん」

「どうして、みんな、あのかわいそうな人にそんなに偏見をもつのかしら？」

「ちがいますよ」ロウが言った。「我々は皆、その男がどんな姿形をしているのか知りたいだけです」

「すごく妙だったわ。郵便局から馬車でひとりで帰って、石切り場の小屋のそばを通り過ぎたとき、咳が聞こえたんです。聞き間違えようがないわ。小屋の窓のほうを見ると、そこに男がいたんです。あんな人、見たことがありません。顔は幽霊のように青白くて、まったく髪の毛がありませんでした。とても小さな頭をしていました。わたしのほうを脅すように睨んだので、ロレリーに鞭打って慌てて走り去りました」

「怖くなかったのですか？」

「それほどでもありませんでした。でも、すごく悪意のある顔をしていたので、できるだけ早くその場を立去りました」

「手紙はスタッブスに取りに行かせたと思っていたがね」大佐が苛立ったように言った。「どうして若い娘というものは、秘密主義なのかね？」

リヴィーはそれに対してはなにも言わなかった。間をおいて、チャダムが質問した。

「荒地道を通ったのは、七時頃だったはずだね？」

「ええ。郵便局を出たのが六時過ぎだったわ」リヴィーは答えた。「でもどうして？」

「その時間なら、十分暗くなってはずだ。どうして、髪のない男がそんなにはっきり見えたんだ？ぼくは夕方、沼地を回っている。どんな時間にも、スカリーの小屋に明かりがついていたことはないのは確かだ」

「部屋に明かりがついていたかどうかは、思い出せないわ」リヴィーは少し考えてから言った。「覚えているのは、彼の顔と頭がはっきり見えたということだけよ」

それからは、この話題は出なかったが、大佐はこれ以上危険を冒さないよう、リヴィーにひとりで荒地道へ馬車を走らせるのを禁止した。そして、男三人で荒地道へ出かけていって、例の髪のない浮浪者、あるいは幽霊を待った。二日目の夜、その努力が報われることになった。チャダムが慌てて喫煙室に飛び込んできて、まさに今、食堂のそばの生垣のあたりから咳が聞こえると言った。まだそれほど遅くなかったが、雲がたれこめていて、外はもう暗かった。

「今度こそ、なんとかうまいこと片をつけてやろう」大佐が言った。「わたしは裏から出て、道をいったところにある生垣の門のあたりに隠れていよう。きみたちふたりはそいつをわたしのいるほうへ追い立ててくれ。奴がやってきたら組み伏せて、抵抗したら、散弾銃をお見舞いしてやるさ」

大佐は裏へと向かい、あとのふたりは茂みや生垣を叩いて、不審者をあぶり出そうとした。ロウは、興味深い案件をこのような荒っぽい手軽なやり方で片付けようとするのに苦々しいものを感じていた。しかし、今回の場合は少なくとも、大佐の考えに反対しても無駄なことはわかっていた。ロウとチャダムがひとしきり垣根を叩いた後、大佐が隠れている方向に向かって長身の人物がよろめきながら急ぐ姿を見た。

ふたりはそのまま成り行きを見守ろうと、数分間身じろぎもせずにそこにいた。そして大佐のほうへ歩き出した。

「大佐、大丈夫ですか？」生垣の門のあたりに近づくとチャダムが声をかけた。

大佐はチャダムの手をかりて、立ち上がった。

「あいつを見たかね？」大佐は小声で訊いた。

「見たと思います。どうして撃たなかったのです？」

「それは」大佐はかすれた声で答えた。「銃がなかったんだ」

「でも、お持ちになりましたよね？」

「そうだ」

ロウは持っていたランプの覆いをはらいのけた。光が四方を照らすと、草の中になにか光るものが見えた。大佐の銃の銃床だった。少し離れたところには、ダマスク鋼製の銃身が、まるで細い針金かなにかのようにねじ曲げられて、丸められた状態で転がっていた。ややあって、大佐が状況を説明した。

「奴がやってくるのが見えたので、立ちはだかってやろうとしたんだが、急に気が遠くなったようになって、動けなくなってしまったのだ！　抵抗することもできずに銃を奪い取られた。まるでわけがわからん」大佐は銃身を拾い上げ、じっくり調べた。「こんなことは人間の手では不可能だ。お手上げだ」

夕食の途中で、ロウがふいに言った。「最近、このあたりで地震があったのではないでしょうか」

「どうして、それをご存じで？」リヴィーが訊いた。「石切り場にいかれたことがあるのですか？」

ロウは首を振った。

「新聞記事にもならなくくらいの小さな地震でしたよ」リヴィーは言った。「ほとんど揺れを感じませんでした。実際、ペタープト先生に言われるまで、まったく気がつかなかったくらいでしたもの」

「でも、地滑りはあったでしょう」ロウが続けた。

リヴィーが目を丸くした。

「なんでもご存じなんですね。そのとおりです。古い石切り場のすぐそばで地滑りがありました」

「明日、その場所を見てみたいですな」ロウが言った。

そこで翌日、大佐は前もって声をかけておいた数人の隣人たちを連れて猟場へ出かけ、ロウはチャダムと共に地滑りの現場を調べに行った。

石切り場の高台の縁から、葦が茂る窪地が見渡せ、反対側の赤茶けた斜面の一部が裂けたようにえぐれて地層が崩れているのがわかった。そのすぐ右は古い石切り場で、左に百ヤードほど行くと、寂れた小屋とカーブした道があった。

ロウは窪地へ下り、石切り場の裏から、新たにむき出しになった低い縁の層まで、水を含んでスポンジ状になった土を、小ぶりのハンマーを自在に使って時間をかけて調べた。とくに、狭く黒いあるひび割れに集中し、黙ったまま取り憑かれたようになって、においをかいだり、歩き回ったりした。やがて、ロウはチャダムを呼んだ。

「ガスが少し出ている。珍しいガスです。ここに」ロウは言った。「痕跡が見つかるとは思っていなかったが、間違いない」

「確かにそうですね」チャダムも笑みを浮かべながら同意した。「まるで地震が起きたときにまさにここにいたような言い方ですね」

「そう、とても満足すべき収穫ですよ。確かきみは、地震が起きたのは二週間前だと言っていましたよね?」

「考えてみると、それ以上たっています。ぼくが石切り場の池に落ちた日の数日前です」

「この近くに誰か、病人がいませんか？　例えばあの小屋に?」ロウがチャダムに近づいて訊いた。

「どうしてそんなことを？　あのガスは有毒なんですか？　あの小屋には、大佐の使用人のスカリーという男が住んでいます。彼は肺炎を患っていて、地滑りが起きたころは快方に向かっていたのですが、あれからまた悪くなったようです」

「誰か看病しているのですか？」

「ええ。デイムリー家が彼の面倒をみるために女性をひとりつけています。スカリーはとても礼儀正しい男です。ぼくもよく見舞いに行っています」

「どうも髪のない男もしょっちゅう来ているようですね」ロウが言った。

「いや、それがこの一件で一番不思議な点なんです。スカリーも看病の女性も、レヴィーが言ったような男は見たことがないと言っています。どう考えたらいいのか、ぼくにはわかりませんね」

「まずやることは、すぐにスカリーをここから連れ出すことです」ロウはきっぱりと言った。「小屋へ行って、彼に会いましょう」

小屋にいたスカリーはいかにも具合が悪そうにうとうとしていた。看病の女性は戸口で、ふたりに対して首を振った。

「日増しに悪くなっています」女性は言った。

「すぐに彼をここから連れ出しなさい」ロウは言うと、小屋を出た。

「スカリーをロウ・リディングスに連れていったほうがいいかもしれません。でも衰弱していて、とても動かせそうもないように思えました」チャダムが疑わしそうに言った。

「チャダムくん、でもそれが彼にとって唯一の生き延びるチャンスなんですよ」

ニューベリーのトムソン医師が彼を動かすことに同意したので、デイムリー家はスカリーを入院させるよう手配した。その午後、チャダムはニューベリーへ自転車を飛ばし、医師とこの件を相談することになった「わたしだったら」チャダムが出発する前にロウは言った。「まだ明るいうちに帰ってきますね、チャダムくん」

だが間の悪いことに、トムソン医師は往診に出ていて、暗くなるまで帰ってこなかった。この時間では、スカリーを病院に移すにはもう遅かった。ドクターのところを出てから、チャダムは駅に立ち寄って、ミューディーから貸本の包みが届いていないか、問い合わせた。本が届いていたので、チャダムはデイムリー夫人のために何冊かみつくろって、自転車の前にくくりつけた。そのとき、荒地道を行かないと、夕食の時間に間に合わないことにふと気づいた。

チャダムは荒地道へと続く未舗装の脇道へと自転車を進めた。夕暮れは次第に深くなり、晴れているがひんやりした夜へと向かっていた。雲ひとつない冴えわたる空に月がのぼり、ヒースの原は昼は紫色に見えたが、月明かりの下では漆黒そのものだ。その間を白いリボンのように道が前方へずっと遠くまで続いているのがわかる。風をきって平らな道を軽快に走り抜けると、夜の芳しい香りがチャダムの鼻腔をくすぐる。

チャダムは、スカリーの小屋を通り過ぎたあたりの傾斜のところまで来た。さらに走ると左手に、崖の下で陰になってインクのしみのように真っ黒な石切り場の池が見えてきた。小屋は真っ暗で、いつもよりことさら寂れているように見えた。

チャダムは橋の下を急いで走り抜けた。そのとき、咳が聞こえたので、肩越しに振り返った。前にも見た、背が高く、関節がぎくしゃくしたような感じの人物が、鉄橋の上に立っているのが目に入った。そのひょろりと痩せた輪郭には、妙に人間離れしたものがあり、尖った耳のようなものがついた帽子をかぶった小さな頭が、背後の明るい夜空のせいでくっきりとわかった。

チャダムがもう一度ちゃんと見たとき、鉄橋の上の人物は長い腕を振りあげて勢いをつけると、十メートルほど下の地面に飛び降りた。

チャダムは自転車を必死でこぎながら、荒地道を通った愚かな自分を呪い始めた。屋敷まではまだかなりある。足音が聞こえるような気がしたが、それは幻聴だと思い直した。固い道が足の下を飛ぶように流れて行き、力を温存しようという考えはすっかりなくなっていた。ただひたすら全速力で自転車をこぐことしか頭になかった。

突然、自転車が前につんのめり、その勢いでチャダムは地面に投げ出された。落下したとき、顔を上げて振り返ると小さな白い顔が見えた。怒りにまみれた凶暴な顔が、ほんの九メートルほどのところに迫っている。

チャダムは跳ね起きると、猛然と走り出した。これまでこんなに全速力で走ったことはないほどで、チーターとも張り合えそうなくらいだった。だが、スピードはまるで問題にならなかった。勝負は、飢えたヘラクレスの四肢をそなえたような相手の手中にあった。その骨ばった膝が、ものすごい形相の顔に届くほどの走りっぷりだったのだ。チャダムは自分の無力さに情けなくなりつつ、坂の頂上までかけ上がった。遠くにロウ・リディングスが見えた。薄暗い明かりに照らされた道が這うように続いている。半狂乱になって、チャダムは明かりが届くところまでやっとたどり着いた。そのとき、手が肩をつかみ、万力のように肉を締めつけてきた。チャダムは必死になって屋敷を目指した。ドアの取っ手が光っているのが見え、次の瞬間、ホールの厚い敷物の上に頭から突っ込んでいた。

気がついたとき、チャダムはすぐに訊いた。「ミスター・ロウはどこです?」

「外で会わなかった?」リヴィーが言った。「わたし——いえ、わたしたちはみんな、あなたがあまりにも遅いから心配して、わたしが探しに行こうとしたら、ミスター・ロウが二階から降りてきて、代わりに探しにいってくださったのよ」

チャダムは立ち上がった。

「彼を見つけなくては」

そのとき、正面のドアが開いて、ロウが入ってきて、時計を見上げた。

「八時二十分。遅かったですね、チャダムくん」

その後、喫煙室でロウは自分が見たことを話した。

「わたしはチャダムくんがものすごい勢いで道を走ってくるのを見ました。後ろを長身の人物が追いかけていました。その人物が手を伸ばしてチャダムくんの肩をつかんだ瞬間、まるで銃で撃たれたかのように突然足を止めたのです。そしてよろめいて後ずさりし、今にも崩れ落ちそうに見えました。それから、しょげかえったイヌのように生垣の中へとのろのろと姿を消しました」

チャダムはコートを脱ぎ始めた。

「あれがなんであれ、常識では考えられないものですよ。これを見てください!」チャダムはシャツの袖をまくり上げると肩のあたりを見せた。そこには三つの奇妙なあざがついていた。肩をつかまれたときについたものだとすると、位置が合わなかった。豆ほどの大きさの長方形で、紫色に腫れあがっていた。

「まるで、吸い玉で吸引された跡みたいだな」デイムリー大佐が不安気に言った。「どう思うかね、ロウ？」

「チャダムくんが無事に生きて戻ってきたから言えますが、ヨーロッパでこうした珍しい体験をしたことは、ある意味よかったと言うしかないですね」

大佐が葉巻を火の中に投げ捨てた。

「そんな体験は危険すぎて、肌に合わん。そいつは二度もレーン・チャダムを襲って恐ろしい目に合わせた。チャンスがあれば、きっとレヴィーも襲っただろう。すぐにここを離れるべきだな。さもないと、寝ている間に殺されるかもしれん！」

「いや、大佐。この謎めいた訪問者に二度と悩まされることはないと思いますよ」ロウが答えた。

「どうしてかね？　この恐ろしい生き物はいったいなんなのだ？」

「ぼくは四大元素を呼び起こす地霊だと思いますね。このケースはそれ以外に説明のしようがありません」ロウが答えた。

「それは何だね？」大佐はわけがわからずに訊き返した。「いいかね、ロウ。凡人にもわかるように、きみの論理を説明してくれないかね。わたしがロウ・リディングスにこのまま残ることになるのなら」

「東方の神秘学者たちが、彷徨える地霊一族のことを記録に残しています。邪悪な知性をもち、魂とは明らかに違う、人間に敵意をもつ呪われた霊体として生きるものたちのことです」

「だが、どうして荒地道のそいつが、地霊だとわかるのかね?」

「特徴が酷似しているからです。神秘学者たちは言っています。第一に、こうした地霊たちがなにかの形をもったとき、グロテスクで異様な姿で現れる。第二に、彼らには血も髪もない。第三に、怖ろしく素早く移動し、痕跡も残さない。最後は、彼らの能力と力は超人的だということです。こうした特徴を、荒地道の男はすべてそなえています」

「確かに、十メートルの高さから飛び降りて無傷でいられるはずはないし、全速力で走る自転車との競争もそうだし、銃身を紙のように丸めてしまう者などいないのは認めよう。きみの言うことは正しいのだろう。だが、なぜ、そしてどのようにしてそうした結論を導き出したのかね?」大佐が言った。

「ぼくの結論は、あなたにとってはとても受け入れ難いものかもしれません」ロウは説明し始めた。「それでも、これがまったくの真実であることをご理解いただかなくてはなりません。この事件のほかの不可解な特徴も、地霊だと考えればすべて説明がつくからです。ぼくはこの一件は、地震とあの病気の男と関係があると思います」

「なんだって? いったいどうしてスカリーがあの悪魔と結びつくのだ?」大佐がぶっきらぼうに言った。「スカリーは弱っていて、ベッドから起き上がるどころではないのだよ。それに、彼は背が低くずんぐりしていて、例の奴とは似てもにつかない」

「あなたは勘違いしていますよ、大佐」ロウは静かに言った。「地霊というものは、生きている者から力を引き出さないと、形あるものにはなれないのです。彼らは病んでいる人間から生気を吸収し、吸収された人間は衰弱してやがては死にます」

「それなら、元気な人間を狙い始めたということか？　近所に正真正銘の吸血鬼がいるなんて、なんとも心配なことだ」

「吸血鬼は、まるで違う種族ですよ。襲うやり方も違います。地霊はさまよう者なのです。新たな犠牲者を求めて遥か遠くまで放浪するのです」

「でも、どうしてぼくを殺そうとするのでしょう？」チャダムが訊いた。

「前にも言ったように、彼らは人間に対するやみくもな悪意だけで動いているのです。たまたまきみが手近なところにいただけですよ」

「しかし、地震のことはどうなのだね、ロウ？　この件になにか関係があるのかね？」大佐がロウを詰問するような言い方をした。

ロウは葉巻に火をつけてから答えた。

「今のところ、ぼくの論理と解釈と、昔の神秘主義者たちのそれとは一致しています。神秘主義者たちは、こうした地霊は大地の中に閉じこめられているという考えを持っていました。地震で大地に変動や騒乱が起こったせいで、解き放たれてしまったのかもしれません。現代の言葉でもっと簡単に言うと、地霊は原始の地層となんらかの関わりがあるということでしょうか。ぼくが独自に調査した結果、大気の影響が心霊現象と緊密に関わっているという結論にたどりつきました。どうやらこうした心霊現象が起こると、ある種のガスが発生するようなのです。そうしたガスの一部は、原始に生成されたある一定の大地が通常の外気に新たにさらされると生じるのです」

「とても信じがたい。きみの言っていることは理解できん」大佐が言った。

「残念ながら、ぼくの論理の鎖のすべての環《わ》を説明することはできないのです」ロウが言った。「ほとんどはまだはっきりしていないからです。でも、このあたりでわりと最近起こった地震や地滑り、近所に不穏な要素をもつ病人がいることなどの証拠がそろっていることで、ぼくは十分に強く確信できました。地霊が実体をもって現われる現象が続く可能性は十分にありえると」

「しかし、あいつはぼくをつかまえたとき、どうしてとどめをささなかったのでしょう？」チャダムが訊いた。「それとも、あなたが邪魔に入ったからでしょうかね？」

ロウは考え込んだ。

「いや、ぼくが駆けつけたせいで、きみが難を逃れたとは思いませんね。やはり危機一髪だったことには変わりなかったのです。どれくらい危ないところだったかは、今朝のスカリーの容体について知らせがきたら、わかるでしょうね」

そのとき、使用人が部屋に入ってきた。

「看護していた女が小屋からやってまいりました。スカリーは亡くなったそうです」

「死亡時刻は？」ロウが訊いた。

「八時を八分ほどを過ぎた頃だそうです」

「時間はぴったりだ」使用人が部屋から出て行くと、ロウは言った。「あの地霊が追いかけるのをやめて、突然崩れ落ちたのは、そんなようなことが起こったせいではないかと思っていましたよ」

「しかし、こんなことは前代未聞ですね」

「そのとおりです」ロウが答えた。「でも、心霊現象を扱う定期刊行物をちょっとでも読んでみれば、こうした不思議な話はきっといくらでも見つかるでしょう」

「だが、それはみんな真実なのですかね？」

「いずれにしても、ここで起こったことは本当でしょう」

その後、デイムリー家の者は、ロウ・リディングスで楽しい日々を過ごした。程度の差こそあれ、チャダムはミス・リヴィーの行動に口出しする権利を得て、彼女がひとりで荒地道を通ってニューベリーに行くことに断固反対した。あれ以来、例の地霊はロウ・リディングス付近では目撃されることはなかったが、北ロンドンの寂しい界隈で、似たような謎めいた人物が何度か目撃されたという記事が最近新聞に載った。二十人の男に匹敵する力と俊敏さを持ち合わせる、名もなき彷徨える地霊が、いまだに寂しい道に出没しているという話が本当だとしても、フラックスマン・ロウがたちまち追い払えば、なにも問題なくなるだろう。

バエルブロウ荘奇談

The Story of Baelbrow

ミスター・フラックスマン・ロウの回想録のほとんどが、彼自身が体験した陰鬱なエピソードばかりなのは残念なことだが、これはある意味しかたのないことだ。純粋に科学的ではあるが、強いインパクトに欠ける事件は、科学を専門的に研究している者にとっては貴重でためになるかもしれないが、一般大衆にとっては同じように興味を引く要素はないだろう。また、推理の途中で唐突に話の筋が切れてしまい、納得できるよう分析することがどうていできない多くの事例よりも、満足のいく証明らしいもので締めくくることができる、より完成度の高い事件を選ぶほうがいいと考えた、ということもある。

東アングリア（イングランド）沿岸の細長く続く低い土地の北部、ベール岬という崖が海に突き出している。その岬には、松林を背にして快適そうな四角い石造りの屋敷が建っている。このあたりではバエルブロウ荘と呼ばれているが、三百年近くもの間、東の風にさらされ続けてきた。この昔からずっとスワッファム家が代々住んでいるが、当初から幽霊が取り憑いているという事実にも、彼らは決して家系の自負心を失うことはなかった。実際、スワッファム家の者は、〝バエルブロウの幽霊〟を誇りに思っており、広く知れ渡っていることをむしろ楽しんでいて、文句を言う者などまるでいなかった。だがそれも、この幽霊話に否定的なニュルンベルクのユングフォルト教授が、フラックスマン・ロウに至急助けて欲しいと要請するまでのことだった。

ロウと旧知の仲である教授は、バエルブロウを借りることになった事情を詳しく説明し、その後起こった気味の悪い出来事について知らせてきた。

人生の大半を外国で過ごした、スワッファム家の当主が、夏の間、屋敷を教授に貸すと申し出たのがきっかけだという。教授一家はバエルブロウ荘に着くなり、そこが気に入った。見晴らしはそれほど変化はなかったが、少なくとも広々としていたし、空気も爽快だった。教授の娘は、婚約者のハロルド・スワッファムが頻繁に訪ねてくるのを楽しみにしていて、教授は嬉々としてスワッファム家の図書の整理にいそしんだ。

ユングフォルト一家も、この古い屋敷の名物である幽霊のことはちゃんと知らされていたが、住む者の安息を邪魔することはないと認識していた。しばらくの間は、確かにそのとおりだったが、十月の始め、状況が変わった。そのときまでは、そしてスワッファム家の年代記に記録されている限りでは、幽霊はただの影のようなもので、衣擦れの音をたてたり、通りすがりにため息をついたりするくらいで、はっきり姿を見せたり、面倒を起こすようなことはなかった。ところが、十月の始め、奇妙なことが起こり始め、三週間後に、ひとりのメイドが廊下で死んでいるのが発見される事態になり、屋敷内に本格的な恐怖が渦巻くことになった。こうなっては、フラックスマン・ロウに頼むしかないと、教授は心を決めたというわけだった。

ロウが到着したのは、うすら寒い夕暮れのことで、すでに屋敷は紫色の黄昏の中にぼんやりと溶け込んでいた。陸風にのって松脂の甘い香りが漂ってくる。教授は、明かりの灯った広いホールでロウを迎えた。ユングフォルトは、がっしりした体つきをしているが丁寧な物腰の男で、たっぷりした白髪、メガネによって強調された丸い目、穏やかで険のない顔をしていた。教授の生涯の研究対象は言語学で、気晴らしはふたつ、チェスと大きな火皿のついたセピオライト（海泡石）のパイプをふかすことだった。

「それで、教授」喫煙室に落ち着くと、ロウが訊いた。「事はどのように始まったのですか？」

「話そう」教授は顎を突き出し、広い胸を叩いて、まるで吐き出すのを抑えに抑えていたとでもいうように、一気に話し出した。「まず第一に、幽霊がわたしに姿を見せたんだよ！」ロウは笑顔を見せて、それ以上に納得できることはなにもないではありませんか、と指摘した。

「納得どころではないよ！」教授は声を上げた。「わたしはここでひとりで座っていた。真夜中ごろだったと思うが、なにかが近づいてくる音が聞こえたんだ。小さなイヌの爪が廊下のオーク材の床に当たってコツコツいうような音だった。わたしは娘が飼っている仔犬の〝ラグス〟だと思って、口笛を吹いて呼んでみた。そして、ドアを開けたら、そこで――」教授はためらって、メガネ越しにロウのほうをじっと見つめた。「なにかが屋敷のふたつのウィングをつなぐ廊下へと消えるのが見えたんだ。それは人間の姿に似ていたが、細くて棒のようにひょろりとしていた。ひと握りの黒髪が見え、ハンカチかなにかかもしれないが、ひらひらしたものがほどけてたなびいていた。わたしはなんとも言えずぞっとした。コツコツいう音はまだしていたが、やがて聞こえなくなった。ちょうど博物館のドアのあたりだったと思う。来たまえ。その場所を見せよう」

教授はロウを廊下へ連れ出した。暗くてどっしりしたメインの階段が上へと広々と続いていて、そのすぐ後ろに教授が言っていた廊下があった。六メートル以上の長さがあり、中ほどに少し奥まったアーチ状の入り口があって、ステップを数段の上がったところに中へ続くドアがあった。ここが、博物館と呼ばれている大きな部屋の入り口で、好事家らしきスワッファム家の当主が、海外へ出かけるたびに集めたさまざまな骨董品が所蔵されているという。教授はそいつがこの博物館に逃げ込んだと確信し、すぐにその姿を追いかけたが、スワッファム家の宝がしまいこまれた箱がいくつかあるだけで、ほかにはなにも見つからなかった。

「このことは誰にも話さなかったが、幽霊の姿をこの目で見たと確信した。だが、二日後、メイドのひとりが暗い中、この通路を通ったとき、博物館のドアから男が飛び出してきて、襲われたと証言した。彼女は叫び声をあげながらその手をふりほどいて逃げ、使用人の部屋に駆け込んだという。我々はすぐに捜索したが、彼女の話を裏づけるものはなにも見つからなかった。

わたしの体験の時期とほぼ同じだったが、とくに気に留めなかった。だが一週間後、娘のレナがある夜遅く、本を取りに下へ降りてきた。廊下を横切ろうとしたとき、なにかが後ろから娘に飛びかかってきた。女というものは、いざ、真剣に調査しようとすると役にたたないな。娘は気を失ってしまったのだから。それ以来、娘は具合が悪くなり、医者はどんどん悪くなっていると言うんだ」教授は両手を広げた。「それで明日、転地療養に行くことになっている。あれから家のほかの者も、似たような状況で襲われ、やはり同じような結果になった。気を失い、衰弱して、回復しても使い物にならない。

ところが、先週の水曜日、ついに悲劇が起こった。そのころには、使用人たちは数人の集団でないと、あの廊下を通るのを断固拒否するようになっていて、ほとんどの者は建物のこちら側に来るのにわざわざテラスを通って遠回りしていた。ところが、イライザ・フリーマンというひとりのメイドだけは、幽霊なんか怖くないと言って、ある夜ひとりで廊下の明かりを消しにいったんだよ。

彼女は明かりを消した後、博物館のドアの前を通りかかったときに、襲われたか、とにかくなにかにひどく恐怖を覚えたらしい。まだ朝が明けきらない時分、彼女が博物館の入り口のステップのところで倒れて死んでいるのが発見された。袖に小さな血のしみがついていたが、耳の下の小さく盛り上がった腫れ以外は、外傷はなかった。医者によると、彼女は重度の貧血状態だったということで、心臓が弱っていたところを恐怖に襲われて死んだのだろうとのことだった。いつも彼女はとりわけ元気で活発な若い女性だったので、それを聞いたときは驚いたよ」

「明日、娘さんが出発する前に会えませんか？」教授はこれ以上話すことはないというそぶりをしたので、ロウが訊いた。

教授は娘がいろいろ訊かれるのに気のりしない様子だったが、結局は許可した。翌朝、ロウはミス・ユングフォルトが出かける前に少しだけ話をした。娘はかなりの美人だったが生気がなく、驚くほど青白い顔をしていて、その明るいブラウンの瞳にひたすら恐怖をたたえて見つめるばかりだった。ロウは、襲撃者について話せるかどうか訊ねた。「いいえ」娘は答えた。「背後から襲われたので、その姿を見ていないのです。見えたのは、爪が光る黒く骨ばった手と、意識を失う前に、包帯をした腕が一瞬目に入っただけでした」

「包帯をした腕？　それは初耳ですね」

「チッ、チッ。それはただの気のせいだろう」教授がイラついたように口をはさんだ。

「包帯をした腕を見たんです」娘はうんざりしたように顔をそむけながら繰り返した。「それに、防腐剤のようなにおいもしました」

「おや、首に怪我をしていますね」ロウは、娘の耳の下に小さなピンク色の丸い傷があるのに気づいた。

娘は顔を赤くしたがすぐに蒼ざめて、震える手をさっと首にもっていった。

「殺されるかと思いました。触られる前から、そいつがそこにいるのがわかりました。感じたんです」娘は低い声で言った。

娘が出て行くと、教授は娘の証言は当てにならないと詫び、自分と娘の証言の食い違いを指摘した。

「娘は腕しか見えなかったと言っているが、わたしが見たときは腕などなかった。わけがわからない！　負傷した男がこの屋敷に入り込んで、若い女性たちを怖がらせているなどと、考えてもみたまえ。まるで解せない。あれは人間の男なのか、バエルブロウの幽霊なのか？」

午後、ロウと教授が海岸の散歩から戻ると、首が太くたくましい体つきで、額が日に焼けた若者が不機嫌そうな顔でホールの暖炉の前に立っていた。教授がハロルド・スワッファムだとロウに紹介した。

スワッファムは年の頃、三十ほどで、ロンドンの証券取引所で、目先の効く優秀なメンバーのひとりとして知られていた。

「はじめまして、ミスター・ロウ」ハロルドが鋭い視線を向けて言った。「しかし、あなたはご自分のご専門のひとつに取り組むのに、それほど緊張感をもっているようには見えませんね」

ロウはただ黙って頭を下げただけだった。

「おや、わたしの皮肉に対して、ご自分の技量になんの弁解もなさいませんね」スワッファムは続けた。「で、あなたはわたしたちの昔なじみの幽霊を、哀れにもバエルブロウから追い出すためにいらしたのですね？　彼は当家の所有物で、家宝であることをお忘れではないですか。いったいどうしてこんなとんでもない騒ぎになったのです、え、教授？」

スワッファムはぞんざいな態度でユングフォルトのほうを向いた。

教授は、ロウにした話を繰り返した。未来の義理の息子に腰が引けているのがはっきりわかった。

「駅でレナからだいたい同じことを聞きましたよ」スワッファムが言った。ぼくが思うに、この屋敷の女たちにヒステリーが伝染したのではないでしょうか。あなたもそう思いませんか、ミスター・ロウ？」

「そうかもしれませんな。ただ、ヒステリー症状では、フリーマンの死の説明はつきません」

「この特殊な事件をもっと詳しく調べてみるまでは、なんとも言えませんね。ぼくはここに着いてから、ただぼんやりしていたわけではありませんよ。博物館を調べてみました。誰も外から侵入した形跡はありません。廊下からの入り口しか入るところはありません。たまたま知ったのですが、床はぶ厚いコンクリートが敷き詰めてあります。そして今も幽霊のための箱もまだあそこにあるんです」しばらくじっくり考えてから、人に話しかけるときはいつもそうするのか、さっきのような態度でロウのほうを振り返った。「こういう計画ではどうです、ミスター・ロウ？　教授をフェリーヴェールまで送って、そこのホテルで一日か二日滞在してもらい、屋敷の使用人たちにも、そうですね、四十八時間の暇を与える。その間にあなたとぼくとで、幽霊の新たな悪ふざけの秘密を調査するというのは？」

ロウはその計画にまったく異存はないと答えたが、教授は自分だけ蚊帳の外に置かれるのには反対した。だが、ハロルドは自分のやり方で物事を仕切るのが好きな男らしく、それから四十五分もしないうちに、教授と一緒に馬車で出発した。夜になると空が荒れ出し、吹きさらしの家はだいたいそうだが、バエルブロウ荘も天候の変化の影響をもろに受けた。何時間もしないうちに、悲鳴のような声をあげながら吹きつける風が鎧戸を下ろした窓を激しく叩き、木の枝がもだえ苦しむように壁に打ちつけ、屋敷じゅうにギシギシきしむ音が響き渡った。

戻ってきたハロルドは、ちょうど嵐につかまってずぶ濡れだった。着替えて、喫煙室のソファで数時間休みをとる間に、ロウが廊下を見張ることになった。

夜が浅いうちは、なにごともなく過ぎた。見事な壁板の廊下には、明かりがひとつかすかに灯っていたが、例の廊下は暗かった。海からの風の激しいうめき声、笛を鳴らすような音、スコールを思わせる豪雨が窓を叩く音以外にはなにも聞こえない。

さらに数時間がたち、ロウは手元のランプに火を入れて、例の廊下を進み、博物館のドアを調べてみた。ドアを開けると、風が音をたててロウに向かって吹きつけてきた。ロウは鎧戸や、スワッファムの収集品を納めてある大きな箱の後ろを調べて、自分以外にこの部屋に誰もいないことを確かめた。

突然、背後で床を引っ掻くような音が聞こえたような気がしたので、ロウは振り返ったが、音の原因と思われるものはなにもいなかった。ロウはランプを長椅子に置いて、その明かりがドアから廊下のほうをもれるようにして、廊下に戻ってそこの明かりを消した。それから、もう一度、喫煙室の閉まったドアのそばの持ち場に陣取った。

長い時間がたったが、その間、相変わらず風は広い廊下を煙突代わりにするように、咆哮し続け、まるで忍び足で歩く足音が屋敷のあらゆるところからこちらに集まってくるように、家じゅうの古い板という板がきしんだ。だが、ロウはそんな音は気に留めなかった。ある音だけを待っていたのだ。

しばらくすると、それが聞こえてきた。木で木をそっと引っ掻くような音。ロウは身を乗り出して、博物館のドアを見つめた。カチ……カチ……博物館のタイルの床をイヌが歩き、その爪が当たっているような奇妙な音。それがなにかはわからないが、歩みを止めて、開いたドアの向こうで聞き耳をたてているようだ。そのとき、風が一瞬弱まり、ロウも耳をそばだてた。だが、それ以上その音は聞こえず、ドアからもれている幅広い光の前をゆっくりと音もなく影が横切っただけだった。

また風が強くなり、屋敷のまわりを激しい突風が吹き荒れ、ランプの炎までがゆらめいた。だが、それがおさまったとき、ロウは音ひとつたてないそれが博物館のドアを通り抜けて、外のステップのところへ出てきたのを見た。奥まった入り口の暗がりにぼんやりした影がいるのがわかった。

やがて、その形のない影が、思いがけない音をたてた。クマか大型の動物を思わせるような、強くてはっきり聞こえるくらいの音で、あたりのにおいをフンフンと嗅いでいる。同時に、廊下を通る風の流れがかすかだが、まるでなじみのないにおいを、ロウの鼻腔に運んできた。

レナ・ユングフォルトの言葉が、突然ロウの脳裏によみがえってきた――これが包帯をした腕をもつ生き物だったのだ。

また、嵐があたりをつんざくような音をたて、窓を震わせたそのとき、黒いものが明かりの前を横切った。その生き物が、ドアの暗がりから飛び出してきたのだ。それが物の見わけもつかないような廊下の暗がりの中、ロウのほうへ向かってきているのがわかった。ロウは一瞬、ためらったが、思い切って喫煙室のドアを開けた。

ハロルド・スワッファムが、寝ぼけ眼でソファから起き上がった。「どうしたんです？　あいつが来たんですか？」

ロウは自分が見たもののことを話した。ハロルドは薄ら笑いを浮かべて話を聞いていた。

「あなたは今はどう思っているのですか？」ハロルドが訊いた。

「その質問はもう少しあとでしてもらうことにしましょう」ロウが答えた。

「それなら、これら不可解なさまざまな出来事に見合う推測はついているということですか？」

「推測はついていますよ。もっと詳細がわかれば、修正しなくてはいけないかもしれませんがね」とロウ。「さて、ぼくはこの屋敷はその名前から、塚か埋葬地の上に建てられたという結論を出しましたが、正しいですかね？」

「そのとおりです。でも、そのことと、このところの幽霊の悪ふざけとはなんの関係もないでしょう」スワッファムがきっぱりと言った。

「さらに、あの博物館に置かれているたくさんの箱のひとつは、お父さまが最近、送ってこられたものではありませんかね?」とロウ。

「確かにそうです」

「そして、あなたはそれを開けてみた。この前の九月に」

「ええ。でも手を触れた痕跡はまったく残していないと断言できますね」

「わたしはあそこの箱は調べていませんが、ほかの事実から、あなたが箱を開けたと推測しました」

「もうひとつ、ありますよ」スワッファムが笑みを浮かべながら言った。「あなたは、なにか危険があると思いますか? つまり、ぼくたちみたいな論理的な男にとってということですが、ヒステリックな女たちの証言は、決定的な説明にはなりませんからね」

「確かに。この屋敷の中を暗くなってからひとりでうろつきまわる人間には、かなりな危険があるかもしれません」ロウが答えた。

ハロルドは後ろにもたれかかって、足を組んだ。

「話をもとに戻しましょう、ミスター・ロウ。あなたの立派な推理を明らかにする前に、さまざまな矛盾点を解決していかなくてはなりませんよ。お忘れじゃないでしょうね?」

「よくわかっていますよ」

「まず、もともとうちにずっといる幽霊は、かすかな音や影でそれとわかる単なる霧のような存在です。それが今は、触ることができ、恐怖で人を殺すこともできる。証拠もあります。次に、ユングフォルト教授が、それは細くひょろ長くて、腕などまるでないと言っているのに対して、ユングフォルト嬢は、人間のものらしき腕や手だけでなく、光る爪や、腕の包帯まで目撃している。さらに、彼女はそいつに力があることも感じている。一方で、イヌの爪が床を引っ掻くような音という証言は、あなたが言った野生動物があたりのにおいを嗅ぐ音という新たな情報で裏づけられた。こいつはいったいなんなのです？　ちらりと姿を見せることもあれば、においもするし、触ることもできるのに、猫一匹隠れる隙間もない部屋で見事に姿をくらましてしまう。それでも、あなたはまだこれを説明できると言うのですか？」

「ほぼ確実にね」ロウは自信をもって言った。

「ぼくは、失礼なことを言おうとか言いたいという気はまったくありませんが、ごく普通の常識として、自分の意見を率直に言うしかありません。この件はすべて、過度な想像力のなせる業にすぎないと思っていますので、それを証明してみせるつもりです。今夜、新たな危険があると思いますか？」

「今夜は、とても危険ですよ」ロウが答えた。

「わかりました。言ったように、すべて証明してみせますよ。それで、あなたを離れた部屋のひとつに閉じこめて、あなたの助けをかりずに、ぼくがこれから、暗がりの中、あの廊下を歩き回ってみるのはどうでしょうか。そうすれば、なんとか証拠がつかめるのでは」

「お望みならそれでもかまいませんが、せめてぼくに成り行きを見物させてください。ぼくは屋敷の外へ出て、あの廊下の窓の外から様子をうかがいますよ。あそこからは反対側に博物館のドアが見えますからね。公正を期すためにも、ぼくが証人になるのをあなたは拒むことはできないですよ」

「もちろん、そうですが」ハロルドが答えた。「でも、今夜はイヌを外へ出すことすらできないような荒れた夜ですから、あなたには部屋にいていただくほうがいいと思いますがね」

「その点は問題ありません。レインコートを貸していただいて、博物館の中にぼくが置いたところに、ランプをそのままにしておいてもらえばいいですから」

ハロルドは承知した。ロウはその後起こったことを克明に説明している。ロウが屋敷の外へ出ると、しっかりと鍵がかけられた。手探りで屋敷のまわりをぐるりと回って、例の廊下の博物館のドアの反対側にある窓のところにたどり着いた。博物館のドアは、まだ少し開いていて、細い光の筋が暗がりにもれているが、廊下の遥か先は、黒く虚ろな口を開けているようだ。ロウはできるだけ雨を避けて、ハロルドが現われるのを待った。あのおぞましい黄色いやつが、窓の反対側の暗がりに細い足で体を支えながら隠れ、通りかかった者に襲い掛かろうと、待ち構えているのだろうか？　屋敷のどこかでドアがバタンと閉まる音がロウの耳に聞こえ、次の瞬間、蝋燭を手にしたハロルドが現われた。その背後の巨大な暗闇に向かって、弱い明かりだけが広がっている。決意を固めたような厳めしく暗い顔をした彼が、しっかりした足取りで廊下を進んでくる。彼が近づいてくるにつれ、ロウはこれまで遭遇してきた奇妙な体験の前触れにたびたび感じた、ぞくぞくするような興奮を覚えた。

ハロルドは、廊下の反対の端に向かっている。そのとき博物館のドアがふと揺れたかと思うと、しなびた頭をした痩せたものが廊下に飛び出してきて、ハロルドの後に続いた。と、しゃがれた叫び声が聞こえ、なにかが倒れる音がして、真っ暗になった。

ロウはすぐにガラスを割って窓を開けると、そこから廊下に飛び込んだ。マッチを擦って火をつけると、その薄暗い明かりの中で一瞬、ぼんやりとその場の光景が見えた。

ハロルドの大きな体が、腕を広げうつぶせになって倒れていた。そこにうずくまっていたものがハロルドから離れ、肩からのびている細長くおぞましい頭を上げた。

マッチの火がプスプスと音をたてて力なく消えた。ハロルドが落とした蝋燭を探しているうちに、床を飛ぶように去っていくコツコツという音が聞こえた。蝋燭に火をつけ、ハロルドの上に屈み込み、仰向けにした。いつもなら血色のいい顔から血の気が失せて蝋のように白く、黒い髪や眉に対してそれがいっそう際立って白く見える。耳の下の首筋が腫れ、頬に細い血の筋が流れている。

これを見た瞬間、ロウは本能的に目を上げた。博物館のドアから、顔と骨ばった首が半分のぞいていた。高い鼻、どんよりした目、悪意に満ちた顔、眼窩は窪み、黒ずんだ歯が見えている。ロウはポケットに手を突っ込んだ。次の瞬間、廊下に銃声がこだました。壊れた窓から低くため息をつくように風が吹き込み、細長い布きれのようなものが、磨かれた床の上ではためいている。それだけであとは何事もなかった。ロウはハロルドを半ば引きずり、半ば抱えるようにして喫煙室に運んだ。

しばらくすると、ハロルドが意識を取り戻した。ロウから事の顛末を聞くと、暗い目に怒りをギラギラさせた。

「あの幽霊にしてやられた」ハロルドは苦々しそうに奇妙な笑みを浮かべて言った。「だが、今度はこっちがやっつける番だ！　博物館の中を調べにいく前に、あなたの考えを聞かせてもらいですな。あなたが本当に危険だと言っていたとおりでした。ぼく自身は、なにかが飛びかかってきたものの、それ以上はなにも覚えていないと言うしかありません。こんなことにならなかったとしても、今度のことについてどう思うかなどとあなたに訊ねるべきではありませんでしたね」

ハロルドは不機嫌そうに本音をもらした。

「大きな証拠がふたつあります」ロウが答えた。「わたしがたった今、廊下で拾ったこの黄ばんだ包帯のきれっぱしと、きみの首についている傷跡ですよ」

「なんですって？」ハロルドはすぐに暖炉脇の小さな鏡で首を調べた。

「このふたつを結びつけて、自分で結論を導き出してみてください」

「どうか、あなたの推理を余すところなく聞かせてください」ハロルドは降参した。

「いいでしょう」ロウは愉快そうに答えた。こんな状況ではハロルドが当惑するのも無理もなかった。「教授には腕がないように見えた痩せて細長いあいつは、次の段階では変化していました。ユングフォルト嬢は、包帯をした腕と光る爪をもつ黒い手を見ています。爪が光っていたのは、もちろん金粉が塗ってあったのです。床でコツコツいう音も、こうした事実と一致しています。

ご存じのとおり、革のサンダルは金粉の爪や包帯とセットになっていてもおかしくはない。古くて乾燥しきった革なら、磨かれた床に当たってああした音をたてるものです」

「お見事ですね、ミスター・ロウ！　つまり、この屋敷はミイラに呪われているということですか！」

「そうです。ぼくが見たものすべてが、この考えを裏づけています」

「正しい確証をつかむために、あなたは今夜、自身の目で実際に見るまで、ご自分の推理を伏せておいた。ということですか。父がここにミイラを送ってきて、わたしがその箱を開けたと推測したのですね」

「そうです。おそらくあなたが外側の包帯のほとんど、いや、全部を取り除いてしまったので、ミイラの手足は自由になり、内側に巻いてあった包帯だけが残ったのでしょう。このミイラは、香りのいい香辛料を使うテーベ方式で保存されたのだと思います。この方法だと、皮膚はなめし革のようなオリーブ色になり、乾燥しても柔軟性があって、風貌もそれほど変わらず、髪、歯、眉などもそのまま残るのです」

「そこまではわかりましたが」ハロルドが言った。「ここで急によみがえったことについてはどうなのでしょう？　襲われた者の首筋についた傷は？　バエルブロウの幽霊はどこへ行ってしまったのでしょうか？」

ハロルドは意気込んだ調子で言おうとしたが、その努力もむなしく、さっきまでの怒りや気力はしぼんでしまったのがはっきりわかった。

「初めから説明しますと」ロウが言った。「理性的で実直に心霊現象を研究している人は皆そうですが、遅かれ早かれ、常識的な通常の論理ではとても説明のつかない、ややこしい事例に出くわすものです。ぼくが今ここで突き詰める必要はありませんが、今回のこの事件は、ぼくにはそうしたもののひとつに思えますね。長い間、この屋敷でぼんやりした形のない存在だった幽霊は、吸血鬼だろうという考えに至りました」

ハロルドは、信じられないというように頭をのけぞらせた。

「中世の時代ではないのですよ、ミスター・ロウ！　それに、どうやって吸血鬼がここにやってきたというのです？」ハロルドは嘲笑うように言った。

「こうした問題について、ある条件のもとでは吸血鬼が自ら生まれることがあると言う専門家もいます。この屋敷は、古代の埋葬地の上に建っていると言いましたよね。ぼくに言わせれば、ここは実際、そのような心霊的なものが生まれてもおかしくない要素を孕む場所なのです。死んだ人間の組織中に、善や悪のあらゆる種子が含まれていたのです。こうした心霊的な種子や胚芽を成長させる力は、思想です。そして長くそこに留まり、それを欲しいままにすると、ひとつの思想がやがては神秘的な生命力を得て、まわりから適切でふさわしい要素を取り込んで、さらに成長するのかもしれません。長い間、こうした胚芽は無力な知性として存在し続けますが、願望を実現するために、物理的な姿をとる機会を狙って待っているのです。目に見えないものが実は本物で、形あるものはその具現化を助けているだけです。あなたがあのミイラの包帯を解いて、動くことができる肉体的な媒体を与えてしまったとき、目に見えない実体はすでに存在していたのです。今は、その胚芽がもつ性質が善なのか悪なのかを判断するのは、それが物理的な形をとったときのふるまいによって見極めるしかありません。今回の場合は、吸血鬼の知性が死んだ人間の肉体に生命とエネルギーを吹き込んだというあらゆる証拠があります。だから、襲われた者の首に傷がついていたし、血が足りなくて貧血症状を起こしているのもそうです。ご存じのように、吸血鬼は血を吸いますからね」

ハロルドは立ち上がると、ランプを取り上げた。

「よし、証拠だ」ハロルドはぶっきらぼうに言った。「でもちょっと待ってください、ミスター・ロウ。あなたはその吸血鬼に発砲したと言いましたよね?」ハロルドはロウがテーブルの上に置いておいた銃を取り上げた。

「ええ。ステップのところに見えた足を狙いましたよ」

ハロルドはなにも言わずに、銃を手に先に立って博物館へ向かった。風は相変わらず家のまわりでうなり、まだ夜明け前であたりは暗かったが、そこで、ふたりの男は身の毛もよだつような異様な光景を目の当たりにした。

博物館の広い部屋の隅に置かれた長方形の木箱に、上半身を半分のめり込ませるようにした、朽ちた黄色い包帯が巻かれた痩せた姿があった。貧層な首には縮れた髪がこごなって絡まっていて、指にかける革紐のついたサンダルと右足の一部が吹き飛ばされていた。

ハロルドは引きつった顔でそれをじっと見下ろし、千切れた包帯をつかんで木箱の中に投げ込んだ。すると、それはまるで生きている人間のように、ぬめぬめした唇をもつ口を彼らに向かって大きく開けたまま箱の中に倒れ込んだ。

一瞬、ハロルドはミイラを上からねめつけ、悪態をつきながら銃を取り出すと、歯をむき出した顔に向かって敵意を露わにして何発も弾を撃ち込んだ。あげくの果てに、血みどろの殺人の凄惨な現場を思わせるようなすさまじい勢いで、ミイラの頭が粉々になるまで銃で執拗に殴りつけた。

そして、ロウのほうを振り返って言った。「これを封印するのを手伝ってもらえますか？」

「埋めるのですか？」

「いいえ、これは地上から抹殺しなくてはいけません」ハロルドは残忍な口調で言った。「古い丸木船に乗せて、燃き払います」

夜明けには雨は止んだ。ふたりは古い丸木船を岸辺まで運び、おぞましいミイラが入った木箱を乗せ、まわりに薪を積み上げた。帆を上げて、薪の山に火をつけ、それが引き潮にのって遠ざかるのをロウとハロルドは見送った。最初は小さかった火がやがてゆらめく大きな炎に包まれ、海の遠い沖合へと出て行き、アメン神の司祭たちによって、約束されたピラミッドで眠りにつくよう安置されてのちの三千年後に、あの死者の歴史は終わったのだ。

グレイ・ハウス事件

The Story of The Grey House

ミスター・フラックスマン・ロウは、依頼されたわけでもないのに、心霊事件の解決を引き受けたことが一度だけあるとはっきり言った。彼はその案件を〝グレイ・ハウス事件〟といつも呼んでいる。その屋敷は、いくつかの科学分野の記録の中で、それぞれ違った名前がつけられていて、この話の奇妙な詳細について相当な論争が繰り広げられ、風変わりな恐怖の領域がまた新たに広がったように思われた。この事件についての論文やレポートはヨーロッパのほとんどの言語で書かれ、いくらか類似した特徴をもつ、仰天するような多くの事実が、脚光を浴びるようになった。このような事件――説明どおりに裏づけられ、恐ろしいことだが、まったく支持されていないというわけではない――を人々の前に持ち出すのには、最初はためらいがあったが、ついに現在の一連の心霊現象シリーズに組み込むことに決められた。

一八九三年の日照り続きの夏、ロウはたまたまデヴォンの海岸の寂しい村に滞在していて、古いスカンディナヴィアの暦に関する古物研究の仕事に没頭していた。近隣の知り合いといえば、ドクター・フリーマントルという、医師でかなりの植物学者でもある人物ひとりしかいなかった。

ある午後、ロウはフリーマントルと馬車で走っていたとき、数マイル内陸に入ったところの小高い場所にあるコップ状にえぐれた谷を通り過ぎた。両側が張り出した崖のようになっている深く険しい道を行くと、ふたりは木々の葉の合間になにかがちらりと見えるのを視線の端でとらえた。ヒマラヤスギの水平な枝の間から、灰色の切妻が見え隠れしていたのだ。

ロウはそのことをフリーマントルに指摘した。

「あれは、モンテッソンという若者の家です」フリーマントルが笑顔で答えた。「あそこにはとても不気味な噂がありましてね。といっても、あなたのご専門とはなんの関係もありませんがね。とくに、そこで起こった謎めいた連続殺人が絡んでいるからといって、今、取り憑いている場所に同じようにぞっとする結びつきを与えようとする幽霊などまったくいませんよ」

「手入れもあまりされていないようですね。雑草があんなに生い茂っているいるのは見たことがありません」

「確かに、イギリス諸島内ではないかもしれません」フリーマントルは言った。「あの家は放っておいてもなんとかなるということで放置されています。モンテッソンがあそこに住んでいないということと、近くに世話をする者が見つからないためです。ここは暖かく湿った気候で、あのようにひと目につかない場所に隠れるように建っているので、あんなに異様に植物が成長してしまうのでしょう。底に沿って小川が流れているので、ずっと低地が続いているのだと思います。ここでは、アフリカの黄色い草が続く地帯も見られますが、今は湿地帯のほうが多くなっています」

フリーマントルは、坂道を進んで頂上まで登り切った。そこからは、グレイ・ハウスの生い茂った雑草が見渡せたが、立ちのぼるもやでかすんでいた。屋根もこのもやに覆われてほとんど見えない。

「そうですね」フリーマントルはロウの観察について答えた。「かつてここに住んで建物の管理していたモンテッソンの後見人が、亜熱帯の庭に変えたのです。ここを散策するのがわたしのおもな楽しみのひとつでしたが、結婚以来、妻にそれを反対されましてね。というのも、妻が耳にした噂のせいなんです」

「どんな危険があるというのです？」

「死ですよ！」フリーマントルは簡潔に答えた。

「どんな死に方です？　マラリアですか？」

「病気などではありません。グレイ・ハウスで死んだ者は、皆、首を吊られていたそうです」

「首を吊る？」ロウは驚いて訊き直した。

「ええ、そうです。首を絞められるだけではなく、吊るされるのです。首に必ず跡がついているらしい。この件にあなたが研究されている幽霊が関わっている可能性があるなら、調べてくださればモンテッソンはとても感謝するでしょう」

「もっと詳しいことを教えてください」

「わたしが知っている範囲のことをお話ししましょう。モンテッソンの父親は、十五年ほど前に亡くなり、モンテッソンのことをランパートという従兄弟に任せたのです。このランパートはお話ししたように、園芸家でしてね、ここにさまざまな外国の木々や草花を植えたのです。でも彼は評判が悪い男でした。やぶにらみの目、ブタのような顔で見た目が悪く、カニのように横に歩き、人の顔をちゃんと見ようとはしません。そのランパートが最初に死んだのです」

「吊るされて？　それもと自分で首を吊ったのですか？」

「彼の場合、どちらでもありません。新たな植物を植えている最中に、家のすぐ前で発作のようなものを起こしたのです。そのとき、現場にほかに誰かがいた形跡がなかったので、死因はなんらかの極度な精神的ショックのせいだと言うほかありませんでした。でも、庭師や親戚、ミセス・モンテッソンは、ランパートは根をつめて精を出すようなタイプではなく、どこか体が悪かったということもなかったと口をそろえて言いました。健康そのものの男で、死因に思い当たるふしはありません。彼はただ庭いじりをしていただけでしたが、人差し指に出血の跡があったので、なにかで指を刺したようです。

その後、数年はなにごともなく順調でしたが、夏の休暇の間にまた問題が発生しました。当時、モンテッソンは十六歳くらいだったはずで、家庭教師についていたのです。母親と美しい姉もここに一緒に住んでいました。ある朝、その姉が自分の部屋の窓の下の砂利道で倒れて死んでいるのが発見されたのです。わたしが呼ばれて調べてみると、彼女は吊るされていたという恐ろしい事実が判明しました！」

「殺人ですか？」

「殺人の痕跡はまるで見つかりませんでしたが、もちろんそうでしょう。彼女は寝室から引きずりだされて、吊るされていたのです。ロープは残っておらず、遺体は窓の外に投げ出されていました。この事件は、近隣に大きなパニックを引き起こしました。長い間、警察が出入りしてさんざん調べましたが、なにもわからなかったのです。

それから二週間後、家庭教師のプラットが、夜、書斎の窓を開けてタバコを吸っていました。

翌朝、窓枠に身を乗り出して倒れている彼が発見されました。死因は明らかでした。首に深い筋の跡がついていたのです。まるでニューゲートで絞首刑になったかのように、首の骨が折れていました！　ほかのケースと同じように、彼の場合もどのように死に至ったのか、それを示すものはなにもありませんでした。ロープのたぐいも、足跡も、その場に誰かべつの人間、あるいは複数の人間がいた形跡を示す、もがいた跡などもまるでありませんでした。でも、さまざまな事実から、自殺の可能性はありませんでした」

「それで、あなたはご自分なりに疑いを抱いたというわけですね」ロウが言った。

「そうです。でも、あれから時間がたってしまい、今ではわたしの誤解だったに違いないと思っています。あなたもご覧になったと思いますが、ミス・モンテッソンとプラットが死んだとき、それぞれの部屋の窓から数フィートのところに伸びていたヒマラヤスギの枝が原因ではないかと説明するしかありません。他の人間が家に近づいた形跡はないと言いましたが、誰か運動神経のいい奴が、ヒマラヤスギの枝から開いた窓に飛び移って、逃げるときも同じルートをたどったのだと思いつきました。窓は縦に大きく開けっ放しになっていて、両方のケースとも木の葉が吹き込んでいました。でも、殺人犯たちは目的もなく、まとまりもなかったので、いいかげんな手口だったということがわかります。わたしはポーの『モルグ街の殺人』を思い出しましたよ。あなたも覚えているでしょうが、あの犯人はオラウータンだった。わたしには、陰気で妙なところがあったランパートが、数ある中でもとりわけ、サルを秘かに輸入して、庭の草木の中で放し飼いにしていた可能性があるのではないかという気がしました。でも、あたりを隅々まで徹底的に探しても、なにも見つからなかったので、その説はとうの昔に捨てましたがね」

ロウは黙ったまま、しばらくこの話をじっくり考えた。それから、三件の死亡事件の時期について訊ねると、フリーマントルがはっきり答えた。どうやら、一年の同じ時期、すべて夏の間に起きたようだ。これに基づいて、ロウは、モンテッソンに異議がなければ、心霊路線で調べてみることを提案した。この提案に応えて、モンテッソンが次の列車でデヴォンにやってきて、ロウの調査に同行を願い出た。

ロウはすぐに、モンテッソンはかなり役にたつ仲間かもしれないと見抜いた。体格のいいブロンドの男で、見るからに強い意思と気質をもっていた。ロウは本を脇に置くと、まだ日のあるうちにグレイ・ハウスをもっとよく見ようと、すぐにモンテッソンと出かけた。

ジャングルのように生い茂る木々と、道を切り開いて進まなくてはならないほどからまった茂みの印象を、適切に表現するのはなかなか難しい。みずみずしい樹液がしたたるほどの緑の若葉が、じめじめと腐ったようになっている古い植物の上を覆い隠してわからなくしている。胸より高いアシの群生の中をかき分けて行くと、その下にある急な流れが沼へと続いている。ふたりは、かつては屋敷を取り囲む芝生だったらしい開けた場所に出た。

キイチゴや生命力の強い雑草が、なんの手入れもされない今、広がり放題になっていて、あまり見たことのない珍しい低木や植物があちこちで勢力を伸ばしている。細い小道のそばで、オコジョが逃げていくのに出くわした。小道にはイラクサが茂り、じっとり湿っていて、家のまわりの暗い藪へと続いている。それ以外には、あたりはなにもなく、風のない午後の暑さの中、木の葉ひとつそよがないようだ。隠れるように静かにたたずむ灰色の家の正面は、黒い葉で傷跡のように覆われ、ランに似た花が垂れ下がっていて、見るからに寂れている。その少し左に、フリーマントルが言っていたヒマラヤスギがあるのにロウは気がついた。

ロウは、雑草が絡まり、埋もれたようになっている小さな門のところで足を止めた。そこから芝生へと続いている。ロウは初めて口を開いた。

「ここについて聞かせてください」そして家の方へと促した。

モンテッソンは、すでに聞いていた話をしたが、さらに細かいことをつけ足した。「ここから」モンテッソンは続けた。「すべての事件が起こった場所をはっきり見ることができます。このふたつの窓のうち、ツタが絡まって、ヒマラヤスギの影になっている上のほうが姉の部屋で、下のほうの窓がプラットが死んでいた書斎です。下の砂利道は、家のまわりにぐるりと続いていますが、今は雑草だらけです。フリーマントルから、ローレンスのことはお聞きになりましたか？」

ロウは首を振った。

「ぼくはこの場所の光景が大嫌いなんです」モンテッソンは耳障りな声で言った。「ここの謎や恐怖がすべて、自分の血筋にあるような気がして、頭から離れないのです。母は、プラットの死んだ日にこの屋敷を去り、それ以来、一度とここに近づいていません。ぼくは成年に達したとき、なんとかここに住む努力をしようと決めました。ぼくが住む機会があれば、過去を詳しく調べることができるからです。まわりの土地を整備して、オックスフォードを卒業した後、ローレンスという同学年の男と一緒にここに戻ってきました。ぼくらは、イースターの休暇をここで読書をしたりして過ごし、すべては異常ありませんでした。その合間に、ぼくは秘密の出入り口や部屋があるのではないかと思い、家を調べてみましたが、そのようなものはなにもありませんでした。家に幽霊が出るなどということも、べつにありませんでした。超常現象のたぐいは、見たことも聞いたこともありません。似たような状況の不可解な殺人が、恐ろしいことに繰り返されただけなのです」

少し間をおいて、モンテッソンは続けた。

「続く夏も、ローレンスはぼくと一緒にまたここへやってきました。ある暑い夜、ぼくらはタバコを吸いながら、窓の下の砂利道をずっと歩き回っていました。月の明るい夜で、あの赤い花がきついにおいを放っていたのを覚えています」モンテッソンは奇妙な様子でまわりをちらりと見た。

「ぼくは葉巻を取りに家の中に戻りました。目当ての箱を見つけ、葉巻に火をつけるのにかかった時間はほんの数分だったと思います。外へ戻ると、ローレンスがまるで高いところから落ちたかのようにぐんにゃりと横たわっていたのです。すでにこと切れていて、首のまわりには、姉やプラットのときと同じ青い痣がついていました。たった五分前にはぴんぴんしていた健康そのものの男が、ちょっと目を離したすきにに死んでいるなんて、想像できますか？　しかも、見たところ首を吊られて死んでいるのです。しかも、前と同じように、ロープやもがいた跡や、殺人の痕跡もまるでないのです」

さらに話した後で、ロウは家の中に入ってみましょうと提案した。屋内は急に人がいなくなってしまった様子が明らかに見てとれた。かつてのミス・モンテッソンの部屋には、女性の持ち物がまだ残っていたが、埃をかぶって、虫に食われ、色褪せていた。モンテッソンは部屋の入り口で足を止めた。

「かわいそうなファン。いなくなったときのままだ！」

窓の外のヒマラヤスギが、部屋の中に不気味な影を投げかけていた。鮮やかな赤い花が、淀んだ空気の中でじっとたたずんでいる。

「姉上が発見されたとき、あの窓は開いていましたか？」ロウは部屋を調べてから訊いた。

「ええ、開いていました。あれは八月の始めのことで、暑かったので。あれ以来、この部屋には誰も入っていません。プラットの事件後、ぼくはいつも家のこっち側には近づかないようにしていました。だから、ローレンスとぼくがタバコを吸うためにこちらのほうに来たのはまったくの偶然だったのです」

「それなら、家のこちら側だけに、それがなんであれ、危険があるかもしれないと思っていいわけですね」

「そのようです」モンテッソンが答えた。

「姉上が生きておられるのが最後に目撃されたのはこの部屋ですか？　プラットがいた部屋はこの真下なんですね？　きみのお友だちはどこで？」

「ローレンスは、ちょうど書斎の窓の下の砂利道で倒れていました。三人とも、ヒマラヤスギの影の下で死んだのです。フリーマントルは自分の考えを話しましたか？　かわいそうなローレンスの死は、彼の説を一蹴しました。この五年間、イングランドで放し飼いになっている大型のサルはいません。もし、いたのなら、その間にどこかで目撃されたことがあるはずです」

「ぼくもそう思いますね」ロウがぼんやりと答えた。「今、我々がすべきことは、これらすべての事件の意味を解明することです。きみがこの家を調べてまわったことをすべてを考えると、そう思いませんか？　ぼくと一緒にひと晩か二晩ここに滞在してみようと？」

モンテッソンは、また不安そうに肩越しに家のほうを振り返った。

「ええ。本来ならそうするべきですが、ぼくの神経は、強く安定しているとはいえないのですよ。でも、あなたと一緒にここに留まりましょう。とくに、ここで進んでリスクを冒そうという人間は、ほかには見つからないでしょうからね。これは幽霊とか、空想の産物のせいではなく、現実の危険を意味していることがわかるでしょう。よく考えみてください、ミスター・ロウ。危険な試みを引き受ける前に」

ロウは、ひたと相手を見つめるモンテッソンの青い瞳を見た。その目は不安で疲れ果てたような色をたたえていたが、一方で唇を引き結び、梃でも動かない頑固な顎をしているのもわかった。それは、彼の武者震いする神経と、それを抑えようとする強い意思の狭間で常に自分を見失わないようにしている、この男の葛藤だとロウにはわかった。

「きみが援護してくれるのなら、きっと事件の真相を探ることができるでしょう」ロウは言った。

「こんなやり方であなたの人生を危険にさらしてしまっていいものかどうか、ぼくには疑問です」モンテッソンは若いわりに額に刻まれたしわに手をやりながら言い返した。

「どうしてです？　それに、ぼく自身の希望なのですよ。我々の命を危険にさらすことに関しては、それが人類のためなのです」

「そういう観点から見ようとは思いませんでしたね」モンテッソンは驚いた。

「我々が命を失うのなら、地球のどこかべつの場所をきれいにし、人類が生き続けるのに健全で安全なものにするための大儀となるでしょう。世間が求めていることに対する我々の義務は、殺人犯を捕まえることです。この場所には、かすかな種類の極めて残忍な力が働いています。たとえ、我々の身に危険があるとしても、可能な限りそれを破壊するのはぼくたちの義務ではないでしょうか？」

　こうした会話の末、グレイ・ハウスで夜を過ごす手筈が整えられた。夜の十時ごろ、ふたりはその日の午後になんとかしっかり目途のついた道をたどるつもりで出発した。ロウのアドバイスで、モンテッソンは長めのナイフを携帯した。夜は、異常なほど暑く静かで、細い月明かりだけが頼りだった。ふたりは雑草や根のはびこる地面を、文字通り手探りでよろめきながら進み、芝生の脇の小さな門のところにたどり着いた。そこで足を止めて、育ちすぎた不気味な木々の海の中に建つ家のほうを見た。地平線に低くおぼろげな月があり、家の窓や寂れた草地に青白い光を放っている。そのままじっとしていると、フクロウがホーホーと鳴き、羽ばたいて横切っていった。

　いつ何時、この場所に取り憑いている死の謎めいた力と、対決することになるかも知れなかった。草の香りを運ぶ生温かい空気と不気味な影で、あたりに不吉な雰囲気が充満しているようだ。家に近づくと、ロウは甘くまったりした強い香りに気づいた。

「なんだろう？」ロウは訊いた。

「ランパートが持ち込んだ、深紅の花のにおいです。耐えられない！」モンテッソンが怒ったように言った。

「どの部屋で夜を過ごすつもりです？」ロウはホールに入ると訊いた。

モンテッソンはためらっていた。「〝恐怖で頭が真っ白〟という表現を聞いたことがありますか？」そう言うと暗闇の中で笑った。「今のぼくがまさにそうです」

ロウはその笑いが気に障った。ほんの少しの差で、わずかな違いだったが、それはヒステリーから出た笑いだった。

「それぞれひとりにならないと、多くのことはわからないでしょう。それに、事件が起きたときと同じように窓も開けておかないと」とロウは言った。

モンテッソンは身震いした。

「いや、ぼくはそうは思いません。死んだ者たちは皆、寝ようとしたとき、ひとりでした。なにかが起こったら、ぼくはあなたを呼びますよ。あなたもぼくに対して同じようにしてもらわなくては。お願いですから、寝てしまわないでください」

「それから、そのナイフは、きみに触れるものはなんでも切ることができるのを忘れずに」ロウは書斎のドアのところに立って、モンテッソンが階段を昇っていく重たい足音に耳をすませた。彼は姉の部屋で寝ることにしたようだ。二階のその部屋を横切り、窓を開け放つ音が聞こえた。

ロウは例の書斎に向かい、窓を開けようとしたが、開かないことがわかった。外のツタが窓枠とサッシを一緒に束ねるように絡みついてしまっているのだ。ロウに残された手段はひとつ。外へ出て、運命の夜にローレンスが立っていた場所に自分も立ってみることだ。ロウは静かに家を出ると、家の南側を回った。

一時間ほどだろうか、ロウは影の中で行ったり来たりしていた。目を欺くように玉虫色に輝く月明かりの中、ヒマラヤスギの下の薄暗がりから、蒼ざめた頭が、なにか合図するように動いているような気がした。だが、その方向へ近づいてみると、大きなサワギクの黄色い花が密集しているだけであることがわかった。ロウはその場に立ち尽くして、上のほうの枝を見上げた。ねじ曲がってコブ状になった黒い枝に、じめじめした黒い葉が房のように垂れ下がっている。サルがこうした枝の間をこっそり近づいてきて、犠牲者に飛びかかったというフリーマントルの説が、にわかに現実味を帯びた恐怖となって、ロウの頭によみがえった。女性が獣の残虐な手で目覚めてしまう場面を思わず想像してしまった。

そのとき、静まりかえった陰鬱な夜に叫び声が響き渡った。いや、むしろ咆哮といったほうがいいかもしれない。空気を震わすようながら耳障りなとげとげしい吠え声だった。それは、始まったときと同様、唐突にやんだ。

考える間もなく、ロウは一番手近にあった枝をつかむと、木に登り、死にもの狂いでモンテッソンの部屋の窓に向かった。叫び声はこの部屋からに違いない。並はずれた行動力と運動能力をもつロウは、枝から開いている窓へと飛び移り、頭から床に突っ込んだ。そのとき、なにかがロウのそばを通り過ぎた。まるでヘビのように素早く、しなやかな動きで、それは窓の外へ消えてしまった！

化粧テーブルの上に蝋燭があったのを思い出し、ロウはそれに火をつけ、立ち上がると部屋を見回した。

モンテッソンは、自身がローレンスの様子をそう表現したのと同じように、床の上でぐんにゃりと力なく倒れていた。ロウは不安を抱きながらそれを思い出して、モンテッソンのそばにかけ寄った。血のように黒くべとべとしたものが、モンテッソンの頬についていたが、意識はないもののまだ生きていた。ロウはモンテッソンをベッドに担ぎ上げ、目覚めさせようとしたが、だめだった。彼の体は強張ったままで、深い昏睡に陥ったときのように、呼吸はしているのかしていないのかほとんどわからないくらいゆっくりだった。

ロウが窓に近づこうとしたとき、突然、蝋燭の火が消え、次第に濃くなっていく暗闇の中に取り残された。どうやら、未知だがはっきり知覚できる襲撃者と、たったひとりで対峙しなくてはならなくなった。

再び家じゅうが静寂に包まれた。つまり、夜の静けさ、森林地の幾重にも積み重なった葉の静けさ、夜陰にまぎれてやってくるものの静けさだ。ロウは窓のそばに立って、耳をすませた。感覚は研ぎ澄まされ、疼くほどで、何マイルも先の音でも聞こえるような気がしていた。深紅の花の香りがたちのぼり、感覚を麻痺させるかのようにロウの脳にしみ込んでくる。ロウは窓辺を離れたが、妙に消耗したような気分になって、長椅子の上にどさりと座りこんだ。ベルトからナイフを引き出すと、神経を研ぎ澄まして、できるだけ用心を怠らないようにした。

襲ってくるとしたら、窓の方向からに違いないことはわかっていた。木々の葉やツタのツルの間をかすかにちらちら揺れる月明かりが、徐々に消えていった。空に雲がかかってきたのだろう。むせかえるような暑さがさらに迫ってきた。

窓枠の下は床から三十センチもない。ほどなく、もつれた木々の葉影の間をなにかが動くのが感じられたが、今は暗闇が濃く、それがなんなのかはっきりしなかった。モンテッソンの呼吸はさらに静かになり、死んだようにひっそりした夜のこの時間、ことりとも物音が聞こえない。

突然、ロウは自分の膝に柔らかなものが触れるのを感じた。全神経を集中して耳をすましていたので、この思いがけない接触にロウは飛び上がった。動きが素早く、柔らかく、軽いものが、ロウの体のあちこちを這いずり回っている。なにか動物の鼻のようなものが、暗闇の中でまとわりついてくる。滑らかで、冷ややかな感触がロウの頬に触れた。

ロウは飛び上がると、暗闇の中で体のまわりにナイフを振り下ろした。

その瞬間、ロウの体を這いずりまわっていたヘビのようなそれが、ムチのひものようにいきなり手足や体に巻きついてきた。

ロウは、なにか得体の知れないものに、しっかりと巻きつかれてなす術もなかった。いったいこれはなんだ？　奇妙な生き物の触手？　それとも巨大なヘビか？　知覚をもつこれは、喉を目指しているのだろうか？　ぐずぐずしている暇はなかった。ナイフがロウの体に押しつけられていた。渾身の力を振り絞ってとっさにそれを抜くと、刃を外側に向けてきつく巻きついているそれに切りつけた。ロウの手にじっとりした液体が飛び散り、締めつけが緩んだかと思うと、それはロウから離れて息詰まるような暗がりに消えた。

朝、モンテッソンは家の別棟の一階で意識を取り戻した。フリーマントルがそばにいた。

「いったい、どうしたんです？」モンテッソンが口を開いた。「そうだ、思い出した。ロウ氏だ。あれにまたぼくたちは襲われたんです、フリーマントル！　まったくふがいない。ぼくはなにが起こったのか、知らないんです。眠っていたわけではなかったのに、なにかにとらわれ、体を持ち上げられて、窓のほうへ引きずられたんです。そしてまるで生きているようなロープに首を絞められた。ロウ氏を見て！」モンテッソンは体を起こして叫んだ。「なにがあったんです？　血まみれですよ」

ロウは自分の手を見下ろした。

「そのようだね」

「あれはあなたまで襲ったのですね、ロウ」モンテッソンが続けた。「この呪われた家には、幽霊以上の恐ろしいものが確かにいる！　これを見て！」

モンテッソンは、自分の襟を引き下げた。首のまわりに、かすかに青みがかった斑点がぐるりとついていた。

「恐ろしいヘビかなにかがつけた跡のようだ」フリーマントルが声をあげた。

ロウは足を開いて椅子に座り、考え込んだ。

「残念ながら、おふたりの意見には賛成しかねます。ぼくはこれはヘビではないと思い始めていますね。一方で、我々がざっくり幽霊と呼んでいるものと深い関係があると思います。証拠全体が、あるひとつの方向を示しています」

「心霊的な問題がお好きだからといって、あなたの偏見や理屈で判断して逃げてはいけませんよ」フリーマントルが冷ややかに言った。「幽霊が実際にはっきり触知できる力を持っているですと？　さらには、切れば血が出ると？」

鏡で自分の首を見ていたモンテッソンが、急に振り向いた。「とにかくなにか恐ろしいものですよ！　ヘビとタコの中間のようなね。ミスター・ロウ、どう思いますか？」

ロウは、厳しい顔を上げた。

「フリーマントル氏の反論はあるでしょうが、最初から最後まで一連の出来事はとても明快です」

フリーマントルとモンテッソンは、懐疑的な視線を交わした。

「親愛なる友よ、あまり知識がありすぎるのも、己の心を歪ませるものですよ」フリーマントルは戸惑ったように笑った。

「まず第一に、すべての死が起こった場所を我々は知っています」ロウが続けた。

「正確に言えば、死は皆、別々の場所で起こっていますよ」フリーマントルが口をはさんだ。

「確かに。でも、厳密には限られた範囲内です。そのわずかな違いが、実質的にぼくの助けになってくれました。すべての死が起こった場所には、あるひとつの共通点があるのです」

「ヒマラヤスギだ！」モンテッソンがいくぶん興奮して叫んだ。

「最初はわたしもそう考えましたが、今は壁としましょう。ローレンスとプラットが死んだときの、だいたいの体重はわかりますか？」

「プラットは小柄な男でした。おそらく五七キロないくらいでしょう。ローレンスはもう少し背が高かったですが、やはり細身で七〇キロ以上はなかったと思います。かわいそうな姉のファンもほっそりした女性でした」

「三人は殺され、ひとりは逃げおおせた。きみとほかの三人との違いはなんでしょう、モンテッソン？」ロウが訊いた。

「ぼくはほかの三人より体格がいいし、体重が一番重いのは確かです。九五キロかそこらはあります。でもそれがなんの関係があるのです？」

「すべてですよ。あれの巻きつきは、ただ絞めあげただけで相手の命を奪うほど圧迫力が十分でなかったようです。どこかから吊り下げたに違いありません。きみはやつらにとって、重すぎたんです」

「なにが巻きついたのです？」

「これです」ロウは赤茶色の細長いもの、腱もしくは紐のようなものを見せた。それには湾曲した三角形の赤い歯のようなものが間隔をおいてついていた。

モンテッソンとフリーマントルは、それをじっと見つめた。「壁を這っているツタだ！」モンテッソンががっかりしたように叫んだ。「ありえない！　それに植物が血を流しますか？」

「行って、見てみましょう」ロウが言った。「このツタは切られたことがありません。冬には枯れ落ちて、春にまた成長するからです。いいですか、これを見て！」ロウはナイフを取り出すと、革のような固い枝を切った。すると、ロウの袖口に向かって真っ赤なしみが噴き出した。「わたしが知る限り、この植物を切ったことがあるのは、これを壁に這わせていたミスター・ランパートだけでしょう。自分の指に赤いしみが広がったのを見て、彼はショック死したのです。彼はこれに致死性があることを知っていたからです。しかし、昨夜のモンテッソン氏の状態でわかりましたが、実際には麻痺状態になるだけで、命には別条はありません。相手を麻痺させるために、あの植物は血のようなものをもつよう進化したに違いありません。さて、今回の三件の死はすべて、この植物のツルが届く範囲で起きました。しかも、すべて同じ季節です。つまり、ツルが一年で一番成長し、強力になる時期だということです。モンテッソン氏が死を免れたもうひとつのポイントは、この時期が日照り続きだったということです。今年の夏は、例年に比べてツタの生育がそれほどよくなかったのではないですか？」

「ええ。いつもに比べてツルはかなり細く、短かったです」

「まさにそれです。だから、きみの体の重みで助かった。でも、棘にやられて気を失ったというわけです。確か、ナイフを使うよう警告したでしょう」

「しかし、そのツタには頭脳があるのですか？」フリーマントルが訊いた。「植物が意思や知識や悪意を持っているものなのですか？」

「植物そのものにはないと思っています」ロウが答えた。「おそらく、原因のほとんどを偶然に一致した長い腕かなにかのせいにしたがるでしょうが、ぼくの説明は外国の神秘主義者たちによって、長いこと支持されてきたものです。ピタゴラスらが教えています。それぞれが人生を送る間に、魂がその品性を上げたり下げたりすることで、与えられる肉体の形が変わるとね。この教えと知識人の信念を結びつけ、ぼくならさらにさまざまなアフリカの部族の教えも加えるかもしれません。この教えは、早すぎる死や突然死に遭遇した場合、洗練されていない魂が、植物が持つこうした魂向けの固有の影響力によって、特定の種類の植物や樹木に憑依する可能性があるというものです。さらに、このような堕落した魂は、間隔をおいて善行や悪行を行う自発的な行動力をもっていると言えます。こうした行動力は、彼らが将来、肉体を得るときに影響を与えるものです」

「どういう意味です？　ぼくらになにを信じさせようとしているのですか？」モンテッソンはそう言うと、はたと口をつぐんだ。

「不信心がうずまく昨今では、それを言葉にするのは難しいですな」ロウが言った。「でも、おそらくそれほど善人ではなかった男がこの木のそばでその樹液を浴びて突然死したことが証拠からわかるでしょう。フリーマントル氏は、この植物が、強力な力と特質をもつ種類のマレー産のツタであることを知っています。ウパスノキについての古い言い伝えを思い出します。今日でも、西アフリカのコルウェジ（ザイール）近くでは、人を殺す植物がヘル・ボルツによって発見されています。そのほかにも例があります」

「信じられない！」フリーマントルが腹をたてたように言った。

「無理に信じろとは言いません」ロウが静かに言った。「そのような信念が存在するということをお話ししているだけです。モンテッソン氏が動いてくれれば、わたしの説が証明できるでしょう。彼にあのツルを切り払ってもらって、その結果で判断すればいいのです」

ロウが格闘の上、たたき切った例のツタ植物のツルは、本人によってキュー（オーストリア）にあるしかるべき機関に持ち込まれた。

モンテッソンは、ロウの提案どおりにし、今はグレイ・ハウスには人が安全に住んでいる。だが、かつて真っ赤な花がつくあのツタが茂っていた場所には、どんな植物も、繁殖力の強いアイビーですら生えないという事実は、なんとも奇妙なことだ。

ヤンド荘事件

The Story of Yand Manor House

フラックスマン・ロウの記録を見ると、ときに鋼のように堅牢な事実の中に、一瞬ピンク色のロマンスの輝きや、名状しがたい恐怖のどす黒い一角が多々見られることがある。これからする話は、後者のいい例かもしれない。ロウはヤンド荘の謎を解き明かしただけでなく、有名なフランスの評論家で哲学者のM・ティエリーに対して、自分のライフワークについてしかと納得させたのだ。


M・ティエリーは、唯物論者としての自分の観点を長々と主張してから、こう言った。

「あなたがおっしゃる〝霊魂〟が、人間という有機的組織体をまとめている要素だという説には、どうも納得がいきませんな」

「そうでしょうな」ロウは答えた。「でも、人間が死んだとき、その人の肉体に変化をもたらす説明のつかない要素というものはないのでしょうか？　そう！　肉体がまだ残っていても、それは急速に分解していくもの。それは肉体をつなぎあわせていたなにかが消えてしまったことの証拠といえないでしょうか」

フランス人は笑って、話題をそらせた。

「わたしに言わせれば、幽霊など存在しませんよ！　霊の出現やオカルト現象などは、特定の集団がほざいているあらゆるくだらないこととは別ですが、そういうことは彼ら自身も理解できていないないか、説明できないのじゃないですかね」

「まあ、そうおっしゃるのも無理もありませんがね、ムッシュー。ぼくが自分の人生の大部分をその〝くだらないこと〟の調査に費やしてきて、幸運にもささやかな事象に遭遇して、それほど悪くない成果をおさめたと申し上げたら、どうですかね？」ロウは答えた。

「その話題は確かにそそられますな――でもその事象とやらを自分で体験してみたいものです」ティエリーは疑わしそうに言った。

「今ちょうど、ある不可解な事件の調査にとりかかっているところなんです」ロウが言った。「数日、お時間はおありですか？」

ティエリーはしばし考えた。

「それは願ってもない。だが、いいですかな、その調査で幽霊の存在を納得させてもらえるんでしょうね？」

「ぼくと一緒にヤンド荘へいらして、ご自分で確かめてください。ぼくはすでに一度、現地へ行っていて、参照の許可を受けている原本からの情報を手に入れるためにこちらへ戻ってきたところですが、ヤンド荘の現象は、これまでぼくが体験したものとはまるで違うと言っていいでしょう」

ロウは、頭の後ろで両手を組んで椅子に深々と腰掛けた。いつものお気に入りの姿勢だ。背後の張出し棚の上に置いてあるイシス神像の黄金の顔へと、長パイプの煙をゆったりとくゆらせていく。その様子を一瞥したティエリーは、エジプトの女神の顔と、十九世紀のこの科学者のそれが奇妙に似ているのにはっとした。両者とも落ち着き払っていて、なにを考えているのかわからない、謎めいたとらえどころのないものがある、と感じた。

「三日間、あなたとご一緒しましょう」

「まことにありがとうございます。この現象の調査に、あなたのように論理的分析に優れた方とご一緒できるとは、願ってもないことです！　ぼくが関わるはめになった現象は、なんともわけのわからないものでしてね、詳細はベールに包まれたまま、先入観にも相当行く手をはばまれている状態です。こうした調査に真剣に向き合うことができる十分な資格のある人もほとんどいません。ぼくは今夜、ヤンド荘に向かい、謎を解き明かすまで滞在する予定ですが、一緒に来られますか？」

「もちろんですよ。その前にまず、事件について教えて欲しいのだが」

「簡単に説明すると、こうです。数週間前、ぼくはヤンド荘の当主、サー・ジョージ・ブラックバートンの依頼を受けて、当の邸宅を訪問しました。ここでなにが起きているのかをこの目で確かめるためです。屋敷の住人が困っている信じがたい現象は、食堂でだけ起こっています」

「それで、そのムッシュー幽霊《ル・スプール》はどんな姿をしているのです？」フランス人が笑いながら訊いた。

「それを見た者はいません。声を聞いた者も」

「それなら、どうやって――」

「姿もなし、音もにおいもなしです」ロウは続けた。「が、感じることはできます。味わうことも」

「なんと《モン・デュー》！　それは困ったものですな。そいつはひどく不味いのですかな？」

「ご自身で味わってみてください」ロウは笑いながら答えた。「部屋に誰もいなくなって一定の時間がたつと、彼らはひしめきあうようにしてやってくるのです」

「しかし、どうしてそんなことになるのです？」ティエリーが訊ねた。

「それを、今夜か明日、あばくことができればと思っています」

フラックスマン・ロウとティエリーは、最終列車でヤンド荘の最寄りの小さな駅に降り立った。もう遅い時間だったが、待機していた二輪馬車が二人をヤンド荘へと運んだ。前方の漆黒の闇の中に大きな建物がそびえているのが見えてきた。

「ブラックバートン氏が、迎えてくれるはずなのですが、まだ来ていないようですね」ロウが言った。「おや、ドアが開いている」ロウはホールの中へ足を踏み入れた。

間仕切りのカーテンの間から、光がもれていた。カーテンをくぐると、そこは長い廊下の端で、幅の広い階段が上へ続いていた。

「あれは誰だ？」ティエリーが叫んだ。

ふらつき、つまづきながら、一歩ずつゆっくりと階段を降りてくる男の姿があった。まるで酔っているように見えるが、その顔は真っ青で、目が落ちくぼんでいる。

「ああ、来てくださってありがたい！　外の声が聞こえましたよ」男は弱々しい声で言った。

「サー・ジョージ・ブラックバートンです」ロウが紹介した。ブラックバートンはよろめきながらやってくると、こちらの腕の中に倒れ込んだ。

ロウとティエリーは、ブラックバートンを敷物の上に横たえ、意識を回復させようとした。

「酔っぱらっているように見えるが、そうではないようだ」ティエリーが言った。「精神的にひどいショックを受けたらしい。頸動脈が激しく脈打っているのがわかる」

数分のうちに、ブラックバートンは目を開けて、よろよろと立ち上がった。

「来てください。あそこにはとてもひとりではいられません。早く」

三人は急いで走り出し、ブラックバートンが両開きのドアへ続く広い廊下を案内した。ブラックバートンは一瞬、ためらってから、勢いよくドアを開けて、全員で中へ入った。

中央の大きなテーブルの上に、火の消えたランプが置いてあり、散らかった食べ物、火のついた大きな蝋燭があった。しかし、すぐに三人の目は、彫刻の施されたどっしりした炉棚の陰の暗がりへと注がれた。そこには、大きなオーク材の椅子に座った硬直した人物の姿があった。

ロウは蝋燭をひったくるようにつかむと、椅子に近づいた。

椅子には、がっしりした体つきの若者が両腕で足を抱え込んで座っていた。口は開き、目をむいている。真っ青な頬と首以外は、よく見えない。

「これは誰です?」ロウは訊ね、若者の膝にそっと手を触れた。

そのとたん、若者は床の上に崩れ落ちた。一同が唖然とする中、その恐怖に固まった顔がこちらに向いたまま静止した。

「死んでいる!」ロウは叫んで急いで調べた。「死んだのは数時間前といっていいでしょう」

「ああ、なんということだ! かわいそうな、バティ!」すっかりうちひしがれたサー・ジョージがうめき声をあげた。「あなたがいてくれてよかった」

「これは誰です？」ティエリーが訊いた。「ここでなにをしていたんだ？」

「うちの狩猟番です。ずっと幽霊の件をなんとかしたいと気に病んでいて、昨夜、食糧持参で自らここに二十四時間こもりたいと申し出てきたんです。最初、わたしは反対しましたが、彼がここにこもっている間になにかが起これば、あなたが関心をもってくれるのではと考え直しました。まさか、こんなことになろうとは？」

「いつ、彼を発見しましたか？」とロウ。

「三十分ほど前に母屋から来たばかりです。廊下の明かりをつけ、蝋燭を持ってここに入りました。部屋に入ったとたん、蝋燭の火が消え、そして――自分は頭がどうかしてしまうに違いないと思いました」

「見たことすべてを話してください」ロウが促した。

「わたしが正気ではないと思うでしょうね。でも、明かりが消えたとき、わたしは麻痺したように肘掛け椅子の上にへたりこんでしまいました。筋の入ったふたつの目がわたしを見ているのが見えたのです！」

「筋の入った目？　どういう意味です？」

「その目は鳥かごの網のような、垂直の細い線の間からわたしを見ていたのです。あれはなんだったのでしょう？」

首を絞められているようなくぐもった声をあげて、サー・ジョージは後ろに飛び退いた。死んだ若者に近づいたとき、なにかが顔を撫でたと叫んだのだ。

「あなたは炉棚の下に立っていたからですよ。ぼくはここに残ります。とりあえずティエリー氏は、サー・ジョージを手伝ってこの哀れな若者をもっとましな場所へ運んでください」

若い狩猟番の遺体が運び出されると、ロウはゆっくりと部屋を歩き回って調べ始めた。しばらくの間、彫刻が施された古い炉棚の下に立ってみた。天上まで届く炉棚の壁面には、奇怪な頭部をもつサテュロスや獣たちの胴体が突き出している。暗がりに一番近いところにあるそうした彫刻のひとつは、翼をもつグリフィンだ。サー・ジョージがなにかに顔を撫でられたと言ったとき、まさにちょうどこの真下に立っていた。薄暗く広い部屋の中でひとり、ロウもまた同じ場所に立って待った。鈍く黄色い光を放つ蝋燭が、いくつもの影をつくり、それがひとところに集まって、待ちかまえているかのようだ。遠くでドアがバタンと閉まる音が聞こえた。ロウは前のめりになって、聞き耳をたてた。そのとき、首の後ろになにかが触れた！

ロウはすぐにあたりを見回したが、なにもいない。周囲をくまなく探し、グリフィンの頭部に手を置いた。またしても、その手になにかが優しく触れた。まるで、なにかが空中を漂っているかのようだ。

間違いない。グリフィンの頭にそれはあった。蝋燭をかざして近くで調べてみると、グリフィンのギザギザした牙から黒く長い髪が四本下がっていた。ティエリーが戻ってきたとき、ロウはそれをとりはずした。

「サー・ジョージをできるだけ早くここから遠ざけるべきですな」ティエリーが言った。

「ええ、そうしましょう。心配ですからね」ロウも賛成した。「我々の調査は、明日まで延期するべきでしょう」

翌日、ふたりはヤンド荘に戻ってきた。改めて見ると、格子窓や深い破風をもつ優雅で古い広大な田園邸宅で、背の高い木立の間にそびえたち、鉢植えが並んだビロードのような芝生の上では、クジャクが日向ぼっこをしている。片側の木々の間から教会の尖塔が見え、ツタや植物がからまり、間隔をおいてアーチ型の出入り口がくりぬかれた古壁が、教会の敷地と庭を隔てていた。呪われた部屋は、屋敷の裏手に位置していた。前世期仕様の家具がしつらえられた、四角い立派な部屋で、オーク材の炉棚は天井まで伸び、部屋の片側のほとんどを占めている大きな窓からは、教会の西側のドアが見えた。

ロウは陽の光がふり注ぐ芝生や花にあふれた花壇の庭を見ながら、開け放った窓のそばでしばしたたずんだ。

「教会の壁の左手の少しくぼんだところにドアがあるのが見えますか?」すぐそばでサー・ジョージの声が聞こえた。「あのドアは、一族の納骨堂の入り口なんです。眺めはすばらしいでしょう?」

「今、あそこまで歩いてみたいですね」ロウが言った。

「なんですって? 納骨堂の中へですか?」サー・ジョージは耳障りな声で笑った。「よろしければ、ご案内しますよ。ほかになにか、ご覧になりたいことや、お聞きになりたいことはありますか?」

「ええ。昨夜、グリフィンの彫刻の頭からこれが下がっているのを見つけました」ロウはそう言うと、細い黒髪を取り出した。「あなたがあの下に立っていたときに、頬に触れたのは、これに違いありません。誰の髪がご存じありませんか?」

「女性のものですね。ここ数ヶ月の間、この部屋に入った女性は、わたしの知る限り、ここを掃除する白髪の年老いた使用人だけです。でも、バティがここにこもったときには、こんなものはなかったはずです」サー・ジョージは言った。

「ひどく傷んでいるうえに、長いこと伸ばしっぱなしのようですが、人毛ですね」ロウが言った。

「それに女性のものとは限らない」

「とにかく、わたしのものではありません。わたしは薄茶色の髪だし、かわいそうなバティは金髪でした。それでは、よい夜を。わたしは朝になったらまた来ます」

夜が迫っていた。ティエリーとロウは、問題の部屋に腰を据え、新たな展開を待った。夜が更けるまで、ふたりはタバコをふかし語り合った。テーブルの上には大きなランプが明るく灯り、ごく平穏で理想的な夜のように思われた。

ティエリーは、この状況では幽霊はいつものように現われる気にならないのではないかと言った。

「経験上、幽霊は、だまされやすいか、こうした試みにやたらと興奮しやすい人間を選ぶという抜け目ないところがありますな」

ロウがその意見に賛成したので、ティエリーは驚いた。

「確かに彼らは、それ相応の人間を選びます。でも、だまされやすい人間ではなく、霊の存在を鋭く感知する十分な能力を持っている人間を選ぶのです。ぼく自身のこれまでの調査では、あなたの言う超常現象の要素を入れないで、できるだけ物質的な観点からこうした不可解な事件に取り組んできました」

「では、バティの死はどのように説明するのですか？　彼は恐怖のあまり死んだのでしょう——あっさりと」

「ぼくもまさにそう思いますよ。彼の死にざまは、我々も知っているように、この部屋で発生している恐ろしい現象がもたらす異様な環境が原因だったとみていいでしょう。バティは恐怖と圧迫感の両方で死んだのです。検死をした医者の所見を聞きましたか？　以前に見た、群衆に押しつぶされて死んだ人間と状況がそっくりだというのです。これは重要なことです」

「それが十分に奇妙なのは認めます。もう二時過ぎだ。喉が渇いたな。炭酸水を少しもらおう」ティエリーは立ち上がると食器棚のところへ行き、サイフォンからコップいっぱいに注いだ。「うわっ、ひどい味だ！」

「どうしました？　炭酸水がですか？」

「そうじゃない」フランス人は顔をしかめた。「炭酸水にはまだ口をつけていないんだが、忌々しいハエの奴が口の中に飛び込んできたんだ。ぺっ、気持ち悪い」

「どんな感じです？」そのとき、ハンカチで自分の口を拭っていたロウが訊いた。

「どんな？　まるで反吐が出そうなカビが口の中に広がったようだ」

「確かに、ぼくも感じましたよ。あなたも納得してくれるといいのですが」

「なんだって?」ティエリーはその巨体の向きを変え、ロウを見つめた。「どういう――?」

そのとたん、突然ランプが消えた。

「どうして、こんなときにランプを消したんだ?」ティエリーが叫んだ。

「ぼくは消していませんよ。テーブルの上にある、あなたのそばの蝋燭に火をつけてください」

ティエリーが蝋燭を見つけて安堵の声をもらし、マッチを擦る音が聞こえた。それはパチパチ音をたててすぐに消えた。ティエリーが小声でぶつぶつ言いながら、またマッチを擦ったが、どれもこれも同じようにすぐに消えてしまった。

「あなたのマッチをもらえんかね、ムッシュ・フラックスマン。どうやらわたしのはしけっているらしい」ついにティエリーは諦めた。

ロウは立ち上がって、漆黒の闇の中を部屋を手探りで横切った。

「もし、感じることができるなら、エジプトの闇とはこんなものかもしれないな。どこにいるのだね、友よ?」ティエリーの声がなにか言うのが聞こえたが、その声はずいぶん遠くからのような感じがした。

「そちらに行きます」ロウは答えた。「でも、方向がさっぱりわかりません」

そう言ってから、ロウはその意味に愕然とした。足を止めて、自分が部屋のどこにいるのか、確認しようとした。どこまでも静寂が広がり、圧迫感が悪夢のように迫ってきた。再び、ティエリーの声がしたが、さっきよりも遠のいたようで、かすかにしか聞こえない。

「息が苦しい、ムッシュ・フラックスマン。どこにいるんだ? わたしはドアの近くにいる。

ああ！」

重苦しい空気を通して、ロウの耳にかろうじで聞こえたのは、ティエリーの喉をふさがれたような苦しみの呻き声、そして恐怖の声が続く。

「ティエリー、どうしました？」ロウは叫んだ。「ドアを開けて」

だが、返事はなかった。背筋が凍るほど息が詰まりそうな闇の中で、ティエリーになにが起きたのだろうか？　ぞっとするような方法で壁にたたきつけられて、彼もまた死んだのか？　これはなんだ？　冷たく湿っぽい肉の感触とともに、空気が質感と重量感と嫌悪感を帯び始めた。

ロウは必死で両手を突き出して、テーブルや椅子の感触を探し求めた。だが、じっとりと膨張しているなにか柔らかなものに四方から包み込まれ、わけがわからないまま身動きがとれなくなった。

今はまったく自分しかいないことがわかっているのに、いったいなにと戦っているのだろう？床を確認しようと必死に探っていると、足元が滑った。じっとりした肉のようなものが、首や頬を這うように覆いかぶさってくる。呼吸が浅く荒くなり、なにかが押しては返したりしながら、ゆっくりと迫って来る。どうにも抵抗できず、吐き気をもよおしてきた！

じっとりした肉の塊は、大きな脂肪の塊のおぞましい生き物のように、ロウにのしかかってきた。すると頬に刺すような痛みを感じた。ロウはなにかをつかんだ。そのとき、なにかが勢いよくぶつかり、空気がどっと流れ込んできた。

意識が戻ったとき、瀕死の病から生還したような感覚だった。ロウは自分が濡れた草の上に横たわっているのがわかった。風が吹き抜け、すべてがすがすがしく、戸外の空気の健康的なにおいが鼻腔をくすぐった。

ロウは体を起こし、まわりを見てみた。風とともに東の空から夜明けが広がり、その光で自分がヤンド荘の芝生の上にいるのがわかった。頭上に見える呪われた部屋の格子窓は開いていた。ロウはなにがあったのか、思い出そうと記憶をたぐりよせた。よくよく考えているうちに、右手になにかを握ったままなのに気づいた。それは黒くて細く、ねじ曲がっていた。木の皮の長い端くれか、ヘビの抜け殻のようだが、弱い朝の光では判然としない。

しばらくして、ティエリーのことを思い出した。なんとか立ち上がり、窓の敷居のところまで体を持ち上げて中をのぞいた。予想に反して、家具は乱れていなかった。ランプが消えたときと変わらず、すべてはそのままの位置にあった。ロウやティエリーが座っていた椅子も、立ち上がったときのままになっていた。だが、ティエリーの姿はない。

ロウは窓から中へ入った。炭酸水の入ったタンブラーグラスやマッチの残骸もあった。ティエリーのマッチの箱から一本擦ってみると、難なく火がつき、それで蝋燭を灯した。実際、部屋の中にあるすべてのものにはまったく異常はなかった。ほんの二時間ほど前には、怖ろしい光景が広がっていたはずなのに、そんなものは跡形もなかった。

だが、ティエリーはどこにいるのだろう？　火のついた蝋燭を持って、ロウはドアから出て、近くの部屋を探してまわった。安堵したことに、部屋のひとつの肘掛け椅子で、ティエリーがぐっすり寝ていた。

ロウが腕に触れると、ティエリーは目に見えないパンチをかわすように腕を振り回しながら飛び起きた。

そして、恐怖に怯えた顔をロウに向けた。

「ああ、あなたでしたか。ムッシュー・フラックスマン！　どうやって逃げ出したのです？」

「それはぼくのほうが聞きたいですよ」昨夜の体験が、ティエリーの精神にかなりの混乱を引き起こしているのがその様子からわかった。ロウは笑いながら言った。

「わたしはドアに押しつけられました。あの悪魔のようなもの、あれはなんなのです？　じっとりして膨らんだ肉の塊のようなものにすっぽり包み込まれたのですよ！」嫌悪感で身震いしてティエリーは口を閉ざした。「自分が肉汁に包まれたハエのようでしたよ。動くことすらできずに肉塊の中へと沈み込んで、息ができないほどでした。空気はどんどん重くなり、あなたに呼びかけても、なにも聞きとれない。そうしたら、突然、巨大な手でドアに押しつけられました。少なくとも巨大な手のように感じましたよ。全力で抵抗しましたが、ほとんど押しつぶされそうになっていた。それから、どうなったのかはわかりませんが、気がついたらドアの外に出ていました。あなたの名を呼んだが、ムダだった。助けにいくこともできず、ここにきて――友よ、正直に言うが、ドアに鍵と閂をかけて閉じこもったのです。しばらくしてから、廊下に出て耳をすましましたが、なんの音も聞こえなかった。それで、日が昇って、サー・ジョージが戻ってくるのを待とうと決めたんです」

「わかりました」ロウは答えた。「価値ある体験でしたね」

「とんでもない！　こんな忌まわしい謎を調査するあなたは気の毒だ。これほどの恐怖と対決しなければならないのなら、サー・ジョージが半ば正気を失いかけたのもよくわかります。それに、こんな現象を論理的に説明するのはまったく不可能というものです」

このとき、サー・ジョージが到着した音が聞こえたので、外に出た。

「あなたがたのことを考えていたら、一晩中眠れませんでしたよ！」ふたりに会うなり、サー・ジョージは叫んだ。「明るくなってすぐに駆けつけたのですが、なにか起こりましたか？」

「確かになにかが起きましたよ」頭を振りながら、ティエリーがむっつりと言った。「極めて不気味で、この上なく怖ろしいことがね！　ムッシュ・フラックスマン、サー・ジョージに話してきかせてやってくれたまえ。呪われた部屋に一晩中いて、体験談を話すために生きて戻ってきたのだからね」

ロウが話の結末に差し掛かろうとしたとき、サー・ジョージがふいに声をあげた。

「顔に怪我をしていますよ、ミスター・ロウ」

強い日の光の中で鏡を見ると、目から口にかけて三本のみみずばれが平行してはしっていた。

「頬に鞭打たれたようなヒリヒリする痛みを感じたのは覚えています。なにが原因だと思いますか、ティエリー？」ロウは訊いた。

ティエリーは傷を見たが、首を振った。

「昨夜のような怪異をあえて説明しようなどという気になる者など誰もいないでしょう」

「このようなものについては、どう思いますか？」ロウは手にしていたものをテーブルの上に置くと、また訊いた。

ティエリーはそれを手に取ると、その形状を声に出して説明した。

「茶色と黄色の細長いものですね。サーベルのような刃がついているが、コルク抜きのようにねじれている」ティエリーははっとして、ロウのほうを見た。

「これは人間の爪ではないでしょうか」ロウが言った。

「しかし、こんな鉤爪をもつ人間などいませんよ。中国の高官でもないかぎり」

「わたしの知る限り、ここに中国人はひとりもいませんし、いたこともありません」すぐにサー・ジョージが言った。「恐ろしくてたまりません。ここまで勇敢に立ち向かってくださったとはいえ、この現象の論理的説明はできそうにありませんね」

「逆に、ぼくには道が見え始めてきたような気がしますがね。最終的には、きっとあなたの認識を変えることができると思いますよ、ティエリー」ロウは言った。

「わたしの認識を変える？」

「ぼくの仕事の明確な目的を信じてもらうことですよ。でも、判断するのはあなたご自身です。これまでのところ、どう考えていますか？　あなたはぼくと同じくらいこの件について状況をご存じと思いますが」

「親愛なるわが友よ。わたしにはさっぱりですよ」ティエリーは肩をすくめ、両手を広げて答えた。「我々がつかんでいるのは、理論的にはなにも説明できない前例のない事件の断片だけだ」

「でも、これは明白な証拠です」ロウは黒ずんだ爪をかざした。

「では、どうやってこの爪と黒髪、さらには鳥かごの金網を通して見つめる目を、圧迫され窒息して死んだバティの運命とつなげるのですか？　我々も膨張する肉塊が部屋に充満した現象を体験しましたが、これは関係ないのですかね？　こうした事実をどんな仮説で説明するつもりですか？」ティエリーは多少の皮肉をこめて訊いた。

「説明してみせるつもりですよ」ロウは答えた。

昼食のとき、どんな仮説が成り立ちつつあるのか、ティエリーが訊いた。

「まとめているところです」ロウは答えた。「ところで、サー・ジョージ、この屋敷には以前、誰が住んでいたのですか？　一八四〇年頃には？　男性か、あるいは女性かもしれませんが、書斎の特徴からいって、男性と思われます。彼は古代の降霊術や、東洋魔術、催眠術といったものに深く傾倒していたようです。この人は、あなたがおっしゃっていたご一族の納骨堂に埋葬されてはいませんか？」

「ほかに彼についてなにかご存じですか？」サー・ジョージが驚いて訊いた。

「思うに彼は」ロウはすぐに答えた。「毛深くて、浅黒く、世捨て人のような生活をしていたのではないでしょうか。そして、病的なほど死を恐れていた」

「どうして、そんなことがわかるのです？」

「お訊きしているのはぼくのほうですよ。すべて図星ですか？」

「それは、わたしの従兄弟サー・ギルバート・ブラックバートンです。あなたのおっしゃるとおりの人物でした。別の部屋にある彼の肖像画をお見せしましょう」

オリーブ色をした憂鬱そうな面長の顔に、黒くて濃い顎髭をもつ、サー・ギルバート・ブラックバートンの肖像画の下に一同が立ったとき、サー・ジョージが説明した。「祖父がギルバートにこのヤンド荘を遺しました。わたしはよく父から、ギルバートの奇妙な研究や、死への異常な恐怖を聞かされていました。おかしなことですが、ギルバートはまだ元気で頑強そのものだったときに突然死んだのです。自分の死期が近づいていることを彼は予測していて、亡くなる一、二週間前から医師がつきそっていました。あらかじめ計画していたとおり、棺に納められ、あの納骨堂に埋葬されたのです。死んだのは、一八四二年か、一八四三年のことです。ご興味がおありでしたら、彼に関する資料をお見せしましょう」

その午後、ロウは資料を読んで過ごした。夕方になると、満足して仕事を切り上げ、伸びをして、庭でサー・ジョージやティエリーと合流した。

その後、レディ・ブラックバートンのところで夕食をとった。かなり時間も遅くなり、場は三人だけになっていた。

「屋敷に取り憑いているものについて、なにか意見がまとまりましたか？」サー・ジョージが心配そうに訊いた。

ティエリーがタバコを巻きながら足を組み、言った。「なんらかの明確な結論につながる真実に達したのなら、ぜひとも伺いたいですな、ムッシュ・フラックスマン」

「実に明確で満足のいく結論に達しましたよ」ロウが答えた。「この屋敷は、一八四二年の八月十五日に亡くなった、というか、亡くなったと思われているサー・ギルバート・ブラックバートンに取り憑かれているのです」

「ばかな！　確かに三十八センチもの長さの爪が見つかっているが、あれが、ギルバートとどう関係があるのですか？」サー・ジョージが苛立たし気に訊いた。

「あれは、サー・ギルバートの爪だとぼくは確信しています」ロウが答えた。

「では、女性のような長い黒髪は？」

「サー・ギルバートの件についての分析はまだ完全に終わったわけではありません。いわば、不完全といっていいでしょう。のちほどご説明できればと思っています。しかし、死人の髪や爪が死後も伸びるケースはいくつかあります。爪の長さから見積もると、サー・ギルバートの亡くなった時期とほぼ一致します。髪の毛も同じです」

「でも、わたしが見たあの筋の入った目はどうなんです？」若きサー・ジョージが声を上げた。

「睫毛も伸びます。そういうことなんですよ」

「つまり、それがこの現象につながるあなたの説というわけですか？」ティエリーが訊いた。「実におかしな話だが」

「死を恐れていたサー・ギルバートは、体から粗悪な要素を取り除き、より精神性の高い霊体として魂を保ち続ける、古代の秘儀に習熟し、実行したようです。そうすることで、遺体は腐敗することなく保存され、こうして本当の死はうやむやのまま先送りされます。実体として残ることによって起こる通常のさまざまな変容を免れることができる。このように霊体化した遺体は、実質的にその変化した体を保つことができるのです。永遠にね」

「それは、とんでもない考えですね、友よ」ティエリーが言った。

「しかし、どうしてサー・ギルバートはこの屋敷に取り憑くのです？　しかも特定のひとつの部屋にだけ？」

「霊がもともと実際に暮らしていたところに戻る傾向にあるのは、よくあることです。このように霊が環境に惹かれる理由については、まだ説明することはできませんが」

「では、我々が実際に体感した、あの膨張して部屋に充満したものについては？　とても説明がつかないのでは？」ティエリーが食い下がった。

「完全には説明はつかないかもしれませんね。でも、我々の理解を遥かに超えて膨張したり収縮したりする力が、霊体事象の原因になるのはよく知られています」

「ちょっと待ってくれ、ムッシュ・フラックスマン」少ししてティエリーが口をはさんだ。「なかなかよくできた、巧みな思いつきだ。仮説としては、大変におもしろい。だが、とにかく確たる証拠が必要だろう」

ロウはなかなか信じようとしないふたりの顔をじっと見つめた。

「これは」ロウはゆっくり言った。「サー・ギルバート・ブラックバートンの髪です。そして、この爪は彼の左手の小指のものです。棺を開けて調べれば、それを証明することができますよ」

落ち着きなく部屋を行ったり来たりしていたサー・ジョージが足を止めた。

「率直に言って、まったく解せませんな、ミスター・ロウ。すべてが気に入りません。棺をあばくのは反対しませんが、あなたの不愉快な説を実証することなど、どうでもいいことです。わたしのただひとつの望みは、なにが原因であれ、屋敷に取り憑いているものを取り除きたいだけです」

「ぼくの説が正しいのなら、棺を開けて、遺体を強い太陽光にしばらくさらしておけば、その取り憑いているものから永久に解放されますよ」

朝早く、夏の太陽がヤンド荘の芝生を強烈に照らす頃、三人は納骨堂から棺を運び出し、誰にも見られない木立の間の静かな場所に移動させて蓋を開けた。

棺の中に横たわっていたのは、肖像画で見たギルバート・ブラックバートンの骸。傷んだ長い黒髪が耳の上にたてがみのようにかぶっていて、たわわな睫毛が頬にまで達している。体の横に伸ばされた骨ばった手には小枝のように長い爪が伸びていた。ロウは屈み込んで、慎重に左手を持ち上げてみた。

小指の爪がなくなっていた。

二時間後、戻ってきた一同はもう一度、棺の中を見た。その間に太陽が仕事を終えていた。棺の中にはすっかりきれいになった骨と、半分腐ったいくつかの服の切れ端以外、なにも残っていなかった。

それ以来、ヤンド荘の幽霊が現われたという話を耳にすることはなかった。

ティエリーは別れを告げるとき、ロウに言った。

「ムッシュ・フラックスマン、いずれ、あなたはわたしたちのこれまでの科学に新たな分野をつけ加えることになるでしょうな。わたしが心穏やかになることができるのに十分な事実を立証してくれたのだから」

セブンズ・ホールの怪

The Story of Sevens Hall

「それは本当のことかもしれません」ヨーキンデールがむっつりと言った。「わたしたち人間は、いつだって同じような形で死を迎えるとしか、言いようがありません。自ら選んだり、駆り立てられたりして、自殺という形をとる者もいれば、べつの死に方をする場合もありますが、いずれにしてもその結果は皆、似たようなものです。うちの家系も三代続いた間に、男はみんな自ら命を絶ちました。ミスター・ロウ、わたしは助けを求めて、あなたのところに来たわけではなく、ただ、わたしが頭がおかしいわけではないこと、人間がこの世を去ることに遺伝や狂気は関係がないことを信じてくれそうな人に、事実を話したかっただけなんです。でも、そのからくりはわかりませんが、うちの男たちは外部の力が働いて、死を強いられています。もし、わたしたちが頭脳の明晰さや意思の強さのようなものを継承しても、この呪いのほうがより強力なのでしょう。それだけです」

フラックスマン・ロウは、火を煽って炎を大きくした。すると、朝食用の銀器や陶器がはっきり明るくなり、向かいの肘掛け椅子に座っている男の絶望的な顔がはっきり見えた。彼はまだ若いのに、すでにその人生には暗雲がたれこめていて、額には深いしわが刻まれ、口から鼻にかけても長い溝がくっきり現われていた。

「ぼくは、死ぬときは必ずなんらかの予兆があるものだと信じています。もっと詳しくお聞かせください。死ぬ前になにが起こるのです？」ロウが訊いた。

「決まって、はっきりわかる一連の出来事が起こります。わたしはそれらをあえて事件と呼びます」ヨーキンデールは言った。「これは、症状の出る病気のようなものではありません。それが外部からやってくるどんなものであってもね。まず、なんとも言いようのないうつ状態になります。全員、健康そのものの男で、かなり裕福でもあり、その他、人生や恋愛の問題においても幸運なほうなのに、終焉の幕開けであることを除いては、まるで原因不明なのです。次に、幽霊や亡霊、あなたがそう呼びたがっているものが現われるようになり、最後には、自分で命を絶つのです」ヨーキンデールは、丈夫そうな日焼けした手を椅子の肘に置いた。「うちの家はいちおうこの土地の名士なので、できるだけスキャンダルは抑えなくてはなりません。だから、医師や検視陪審は、〝一時的錯乱〟ということで片付けるのです」

「そのうつ状態は、最期を迎えるまでの間、どれくらい続きますか？」相手がむっつりと考え込んでいるので、ロウが質問した。

「それぞれ違いますので、一概には言えません。わたしは一族の最後の人間で、健康で元気ですが、今ではもう覚悟を決めています。ただ、自らあと一週間の寿命と決めつけるようなことはしません。あまりにもひどすぎます！　自殺するなんてとんでもないことですが、この現象が、自殺するよう駆り立てられたものであること、この世の力ではどうにもできないものであることを知るのに、この先も言葉ではどうしても本当らしく表現できないでしょう」

「でも、あなたはまだ幽霊を見てはいないのでしょう。第二段階の」

「いずれにしても、セブンズ・ホールに戻ったらすぐ、今日か明日には見ることになるでしょう。わたしは、一族のほかのふた家族も同じ運命にあるのを見てきました。このどうにも抗い難いうつが、いつも最初にやってくるのです。わたしは二週間以内にきっと死ぬでしょう。そう思うと、気が狂いそうになります！」

「わたしには妻子があります」少ししてからヨーキンデールが口を開いた。「哀れな幼な子が、この運命に苦しみながら育っていくかと思うと！」

「ご家族はどこにお住まいですか？」ロウが訊いた。

「フィレンツェに残しています。真相は妻にも知られたくないのですが、それは無理というものですよね。〝セブンズ・ホールでまた自殺〟という新聞の見出しが目に浮かびます。こうした新聞記者のクズは、半クラウンのためにも母親まで売りかねない連中ですからね」

「それなら、ほかの死もセブンズ・ホールで起きたのですか？」

「すべてそうです」ヨーキンデールは言葉を切ると、厳しい目でロウを見た。

「あなたのご兄弟のことを教えてください」ロウが言った。

ヨーキンデールが突然笑い出した。

「そうきましたか、ミスター・ロウ。どうして、わたしにセブンズ・ホールに戻るなとアドバイスしないのです？　それが、わたしが町に来てから診てもらった、ふたりの脳の専門家がしたごもっともな忠告です。あの家に戻るですって？　それがなんらかの助けになるとしても、もちろん、戻るべきではないでしょう。それは難しいことです。どうしようもないのです。もう行きます。彼らにわたしの頭がおかしいと思われただけですから！」

「無理もありませんね」ロウが穏やかに言った。「そんな風に取り乱した様子を見せてしまったのなら。いいですか、ぼくに、あなたが超自然の力と戦っているのだと思わせたいのなら、まずは気をしっかりもって、落ち着いて感情や思考をコントロールしなくてはなりません。あなたとぼくが力を合わせれば、なんとかうまいことこの問題に対処することができるかもしれないのですから。あなたのご兄弟の死について、思い出せることをすべて話してください」

「確かにあなたのおっしゃる通りですね」ヨーキンデールは悲しそうに言った。「まるで狂人のようなふるまいをしてしまいましたが、まだわたしは正気です。どうとでもなれだ！　まず、わたしたちは三人兄弟で、ずいぶん前、まだ子供の頃に最後まで互いに面倒をみようと決めていました。なんの抵抗もせずに、この運命に屈するようなことはしないと、全員で決意を固めていました。五年前、長兄のヴェーンはソマリランドに狩猟ツアーに出かけました。兄は体格がよく、精力的で、意思の強い男でしたので、わたしはなにも心配していませんでした。次兄のジャックは、宗教教育の教師で、頭は切れますが、神経質で物静かな男で、うちの家系の呪いの影響を一番受けやすそうでした。ジャックがジブラルタルに出かけた後、ヴェーンが突然アフリカから戻ってきました。ヴェーンがなんだかすごく変わったのがわかりました。ふさぎこんで、心ここにあらずで、もうすぐあの呪いが自分のところにやってくるとしきりとつぶやいて、セブンズ・ホールへ行くといってきかないのです。わたしは彼にひどく腹がたって、そんな思い込みは退けるべきだと思いました。今となってはその気持ちはよくわかります。ある夜、ヴェーンがわたしの寝室に飛び込んできて叫んだのです。〝奴が来る。奴が来る！〟と」

「お兄さんはなにを見たのか、言いましたか？」ロウが訊いた。

「いいえ。その呪いとやらがどんな姿をしているのか、三人とも誰もはっきりわかりません。誰もそれを見たことがなく、とにかく、それを説明することができないのです。しかし、一度だけそれがやってきました。これが一番恐ろしい話なのですが、それはわたしたちから決して離れようとはしませんでした。少しずつ、それはわたしたちにつきまとうようになり――」ヨーキンデールは言葉を切って、しばらく黙るとまた続けた。「二晩、わたしは寝ないでヴェーンのそばにいました。普段からあまり口数の多いほうではありませんでしたが、彼はほとんどしゃべりませんでした。その顔は苦しみに歪み、恐怖と嫌悪と、徐々に迫りくる戦慄におののいているのがわかりました。兄があんなになにかを怖れているのを見たことがありません。

　三日目の夜、わたしはうっかりうたた寝をしてしまいました。疲れ切っていたせいでしょうが、それを言い訳にするつもりはありません。わたしは眠りが浅いはずなのですが、眠っている間に、ヴェーンはわたしから二メートルも離れていないところで自殺したのです。審問で、兄はカイロでシルクの腰紐を購入していたことがわかりました。わたしはそれを見たことがなかったので、兄がわたしから隠しておいたに違いないと言われました。わたしが発見したとき、兄の首はほとんどねじり切られそうなほど回転していて、顔には赤いみみずばれができていました。床の上に倒れていて、もがいたのか、紐はボロボロになっていました。兄は自分で首を吊ろうとしたけれど、後悔して紐を解こうとして暴れたせいでよけいに首がねじれ、顔に傷がついたと推測されました」

ヨーキンデールは言葉を切ると、激しく身震いした。

「わたしはこの件をもみ消そうとできるだけのことをしましたが、もちろん、このニュースはジャックの耳にも入りました。それから数年が過ぎて、ジャックはジブラルタルからインドへ渡り、そこである女性と出会って恋に落ちたと、うきうきした様子で手紙を書いてきました。こんなに幸せな男はこの世にはいないとさえ言っていました。だから、セブンズ・ホールから電報を受け取り、ジャックが到着したので、すぐに来てくれと言われたとき、わたしがどう思ったか、想像してみてください。ジャックがなにに苦しんでいたのか、あなたにお話しするのはとても難しい」ヨーキンデールは話を中断して、額を拭った。「これは、この二週間の間に起こった出来事です。ジャックはその女性のことをこの世のなによりも大切にしていましたが、ふたりの結婚式から数日もたたないうちに、ジャックは急にイングランドに急いで帰らなくてはならないという気がして、いてもたってもいられなくなり、彼女にさよならも言わずに帰ってきたのだといいます。でも、ジャックは旅の終わりには死が待っていることがわかっていました。わたしたちは、そのことを冷静に話し合いました。ミスター・ロウ、それでわたしたちは、それがなんであれ、ジャックをこの世から消そうとしている力に対して、一致団結して立ち向かうことにしました。わたしたちは、偏執狂ではありません。ただ生きたいだけです。わたしたち人間は、人生を生きる価値のあるものにするためのものをすべてもっているはずです。でも、わたしも同じ道をたどることになるのでしょう。自分でどんなに努力しても、強く望んで決意を固めても、この運命から逃れることはできない！」

「あなたがそのように頑なに思い込んでいるのは残念です」ロウが言った。「ひとつの意思が別の意思に立ち向かうことは、少なくとも成功するチャンスがあるということです。あなたがそれを心に留めおいてくれることを、ぜひともお願いしたい。善は生来、いつでも悪よりも強いものです。例えば、だいたい健康が病気よりも弱いのなら、世界中にはびこっている有害な細菌が、一年以内に人類を絶滅させてしまうはずでしょう」

「そうですね」ヨーキンデールが言った。「でも、わたしたち兄弟三人のうち、ふたりがこの運命に飲み込まれました。わたしひとりだけがうまく逃れられるとは思えません」

「あなたはひとりきりになってはいけません」ロウが言った。「あなたに異存がなければ、ぼくがセブンズ・ホールへ喜んで同行しましょう。そして、ぼくの可能な限りの力であなたをお助けしましょう」

この申し出に対して、ヨーキンデールがどのような返事をしたのか、必ずしも記録する必要はないだろう。まもなく、彼は話をし始めた。

「ジャックは打ちひしがれていました。ヴェーンと違って、自分の運命に絶望的になっていました。あえてほとんど眠ろうともせず、わたしたちの父の死について自分が知っていることすべてを思い出そうとするんです。わたしに、ヴェーンの死の模様を語らせようともしました。そんな話をするほど、わたしは愚かではありません。でも、わたしが心配していたとおり、ジャックも同じ道をたどりました。またしても、居眠りしてしまうかもしれない自分が信用できなかったので、きちんと訓練を受けた付添人の男をひとり雇って、毎晩、ジャックの部屋のドアの外で待機させました。ある朝早く、あれは夏のことで、彼は居眠りしてしまったに違いありません。その間、彼は座っていた椅子もろともまるで蚊帳の外に置かれ、目覚めたときにはすでに、ジャックはバルコニーの窓のひとつから外へ身を躍らせていたのです」

セブンズ・ホールは、広大で豊かな牧草地の中に埋もれるように建っているエリザベス様式の屋敷だった。野には季節の花がふんだんに咲き乱れ、大きなニレの木でカラスたちが巣をつくり鳴いている。だが、ロウがヨーキンデールと共に到着したときは十一月の夜遅くで、このような田舎の自然の美しさは目にすることはできなかった。しかし、屋敷の内装は寒々とした外観を補って余りあるものがあった。ホールやいくつかの主要な部屋には、火がおこしてあり、明かりもついていた。夕食の間、ヨーキンデールは落胆した気分に逆戻りしてしまったようだった。ほとんどしゃべることなく、顔はどんよりと暗かった。それはふさぎこんでいるだけでなく、怒りのせいでもあった。決して人生を諦めてしまったわけではなく、そのプライドと、強い意思と、切羽詰まった欲望が、逃れられない敵によって翻弄されていることに対する男の激しい怒りで、自分の運命に必死で抵抗していたのだ。

夜、ふたりはビリヤードをした。ヨーキンデールが自分の置かれた状況をあまり考え込まないほうがいいことに、ロウは気づいていた

それからロウは、ヨーキンデールの向かいの部屋で寝ることにした。これまでのところは、ヨー

キンデールは初めてロウに会った日と同じ状態だった。ロウは、あの日と同じような原因不明の深刻なうつに気づいていた。あの日、セブンズ・ホールに帰りたいという思いが、それを抑えようと抵抗する力よりも勝っていた。だが、二段階目の致命的な兆候、つきまとってくる幽霊の気配はまだなかった。

翌日の午前中、ヨーキンデールが驚いたことに、ロウはこの話題を避けるどころか、セブンズ・ホールで起こったこれまでの死について、とくにヨーキンデールがまだ話していなかった細かいことを、さらに突っこんで訊いてきた。ロウは、ジャック・ヨーキンデールが身を投げたバルコニーを調べ、鉄の手すり部分が曲がり、一部壊れているのを発見した。

「これはいつ、こうなったのですか?」ロウがその箇所を指さしながら訊いた。

「ジャックが死んだ夜です。それ以来、わたしはこの家にほとんど近寄りませんでしたので、わざわざ修理しようとも思いませんでした」

「まるで」ロウが言った。「生き延びようとしてひどくもがいたように見えますね。上の手すりにしがみついていたようで、ここが外側へ曲がっています。お兄さんは、両手に傷を負っていませんでしたか?」ロウはあばたのようになった手すりの錆の跡を見ながら言った。

「ええ。両手が出血していました」

「正確に思い出してください。手のひらの傷は切り傷?　それとも打撲傷でしたか?　手の甲にも傷はありましたか?」

「今になって考えてみると、兄の手には多くの傷がありました。特に関節のところに。片方の手首は折れていました。落下のときに折れたに違いありません」

ロウはなにも言わなかった。

ふたりはヴェーンとジャックが死ぬ前に使っていて、今はヨーキンデールがいる広い寝室へ向かった。ロウがヴェーンが首を吊ったロープを見たいと言ったので、ヨーキンデールはしぶしぶそれを引っ張り出した。それはふたつに切れて、茶色のしみがついていて、ロウの興味を大いに引いたようだ。次に、ヴェーンが首を吊っていた、大きなベッド枠の正確な位置を見た。裏を調べると、木の端がぎざぎざになっているのがわかった。ここで、今わの際にヴェーンがロープを解こうとしてもがき、苦しんで暴れたせいで、ロープがずたずたになったのだろう。

「ロープはヴェーンが死んだ後で切れたのでしょう。彼は大柄な男でしたから」ヨーキンデールが言った。「ここは悲劇のほとんどが起こった部屋です。おそらくあなたも、最後の悲劇を目撃することになるでしょうね」

「それは、あなた次第ですよ」ロウが答えた。「あなたが気をしっかりもって、この状況を持ちこたえるなら、悲劇は起こらないのではと思えるようになりました。お兄さまたちのどちらかが、夢のことでなにか言っていませんでしたか?」

ヨーキンデールは、眉をひそめて疑わしそうにロウを見た。「そういえば、ふたりとも夢に苦しめられていると言っていました。目覚めると夢の内容をまるで思い出せないのだそうですが、それも脳の病気の症状だとして、専門家に片づけられてしまいました。今、いろいろ情報を得て、あなたもそうした古く使い古された学説から考えるのでしょうね」

「逆に、わたしの説は狂気とはなんの関係もありません。ですが、あなたのお兄さまたちの死につながる現象は、どうやら眠りと密接に関係しているようです。ジャックは眠るのを怖れていたと言いましたね。ヴェーンは、眠らずになんとかして自分の死を見届けようとしました。だから、あなたが事件と呼んだこの一連の出来事のある段階で、眠りが恐怖と危険の両方になったと確信できるかもしれないのです」

ヨーキンデールは身震いして、恐々肩越しにちらりと背後を見た。

「ここは、なんだかとても寒くなってきましたね。下へ行きましょう。眠りに関して、わたしは長い間、それを恐れてきました」

一日中、ロウはずっとヨーキンデールが、ひどく青白い顔をして、やたらとびくついているのに気づいていた。時折、耳をすますようにして、あたりを見回したりした。夜には再び、ふたりはビリヤードを始め、遅くまでプレイしていた。ふたりが二階に上がる頃には、家の中は静まりかえっていた。磨かれた長い床がビリヤード室のドアからホールに続いている。ヨーキンデールは、身振りでロウにそのままじっと立っているよう合図して、階段の下までゆっくりと歩いた。静けさの中、ロウは別の足音が混ざりあうのをはっきりと聞いた。ヨーキンデールのわざと音をたてるような足音に重なるように続く静かな歩みだ。ホールは階段のところにあるガス灯以外は暗かった。ヨーキンデールは足を止め、怯えた形相で手すりの柱にぐったりと寄りかかると、ロウが合流してくるのを待った。ヨーキンデールはロウの腕をつかむと、下のほうを指さした。彼の影のそばに、フードのようなものをかぶった、ぼんやりした形のない影がもうひとつ、床の上にかすかに現われていた。

「第二段階だ」ヨーキンデールが言った。「あなたにも見えるでしょう。病んだ頭が作り出した幻影ではないことの証拠ですよ」

ロウは、次の週に起こったもっとも痛ましい体験のひとつを記録していた。その体験はロウが伝える定めだった。ヨーキンデールは、うつを退け、自分の人生のために根気強く戦った。信じられないほどの勇気を奮い起こして、与えられたアドバイスに従った。だが、それでも不吉な日々がぐずぐずと長引き、ときにものすごく遅々としているような気がするかと思うと、とてつもなく速く過ぎるように思えることもあった。ヨーキンデールの肉体の強さがだんだん損なわれ始め、精神的な面がもっとも消耗する戦いだった。

「あなたができる次の段階は」八日目の夜にロウが言った。「目覚める前に夢の内容を思い出すことです」

ヨーキンデールは力なく首を振った。

「何度もそうしようとしたのですが、目覚めると、恐怖の冷や汗をべっとりかいているばかりで、眠りを損なう嫌な内容の記憶をすぐにとらえることができないのです」ヨーキンデールは引きつったような笑みを浮かべて言った。「心理学的に意味があるのは、間違いなく最初に目覚めた瞬間だと思いますか？」

ロウはそうだと思うと言った。

「今となると、どうしてあなたが、わたしたちが寝るふたつのソファだけしかこの部屋に置かなかったのかがわかります。あなたはわたしが自分を手にかけるのを怖れているんですね！　確かに危険は感じますが、自殺願望はまだありませんよ。生きたいですし、とはいえ、どれくらい生きられるでしょうか。幸せになって成功して、かつてそうだったように快活になりたいものです！」

ヨーキンデールは、長椅子の上に身を横たえた。

「できれば、今夜、あなたにわたしの心の中の絶望的な苦しみをほんの少しでもわかってもらえたらと思います。わたしはこの苦しみから逃れるために死にたいくらいですよ。苦しみは日ごとに大きく、ひどくなり、耐えられないほどです。もうこれ以上は我慢できないと思うこともあります」

「逆に、あなたはなんのために生きなくてはならないかと考えてみてはどうでしょう。自分自身ではなく、息子さんのためというほうが大切なのではないでしょうか。あなたの勝利は息子さんの勝利を意味するのかもしれません」

「どうしたらいいのですか？　それを教えてください」

「かなり長い説明になってしまいますので、ぼくがこの件についていくつかのはっきりした考えを形にできるまで、待ったほうがいいでしょう」

「よくわかりました」ヨーキンデールは明かりから顔をそむけた。「寝て、なるべく絶望的な気分を忘れるようにしてみましょう。わたしを見捨てないでくださいますね？」

長い冬の夜、ロウはヨーキンデールのそばで見張った。一瞬たりとも目を離すつもりはなかった。ヨーキンデールが眠れないといけないので、部屋は暗くしてある。暖炉のゆらめく火も落としてあり、埋火の灰の山以外にはなにも残っていない。部屋の遥か隅にあるナイトランプが、なにもない床に長い影を落としていて、まるで風がそよいだかのように、ときどき炎がゆらめいた。外も静かで暗かった。その静けさを破る音はなく、聞こえるのは古い家の不可解で不気味なきしみ音と、不明瞭な呻き声のような音だけ。

ヨーキンデールは寝てはいたが苦しげだった。夜が更けると、ロウは立ち上がって、ヨーキンデールから目を離さずに、部屋の中をぐるぐる歩き回り始めた。底冷えしてきて、ロウは再び腰を下ろすと、思わず上掛けを体にかけて、タバコに火をつけた。急に空気が変わったのは妙だった。ロウは自分の長椅子をヨーキンデールのほうに静かに近づけると、待った。

例のきしむ音と呻き声が、古く長い廊下を行ったり来たりしていて、不気味で寂寞とした夜が圧迫感をもって迫ってきた。ランプから伸びる影が、ドアが開けられたかのようにゆらりとはためいた。ロウはふたつのドアを見た。両方とも鍵をかけたはずで、いずれも閉まっている。だが、明かりの形が変わり、揺れていた。ロウはヨーキンデールの胸に手をやった。目覚めそうな気配がわかるかもしれない。明かりは今、とても暗くなり、見分けがつかなくなった。

ひどく驚いたことに、ロウの手が上から吹いてくる冷たい隙間風でたちまち凍えそうになった。だが、ロウにはそれがなんなのかを考えている暇はなかった。ひどく冷たく麻痺するような感覚が足元から密かに忍び寄ってきて、重苦しい冷気がロウの肩や背中を圧迫してくるようだった。首の後ろが痛み、伸ばした腕が強張り始めた。

ヨーキンデールはまだ微動だにせずに眠っている。

新たな胸騒ぎがゆっくりとロウに迫ってきた。ロウを包み込む冷気は、遥か昔に死んだものの、じっとりとまとわりついてくる冷たさで、嫌悪感をもよおすほどだ。そのとき、ロウの心の中に、どうにも抑え難い欲望が目覚めた。もう少しで感じることができそうななにか、それがロウの意思の力をくじこうとしていた。

すると、眠っているヨーキンデールがかすかに動いた。

ロウは自分が必死に葛藤しているのを意識していた。精神なのか肉体なのかはわからなかったが、ロウにとって、人間ができうる究極の奮闘にまでになるように思えた。ヨーキンデールを殺せという、ぞっとするような誘惑が、ロウの脳裏を怒涛の如くよぎった。目の前で寝ている男のたくましい首を自分の強靭な指の下で制圧し、押しつぶしたいというおぞましい欲望が、ロウの心に無理やり入り込んできた。

ソファとヨーキンデールの姿の一部が見えていたはずなのに、突然、ロウは自分の頭と上半身が、黒い物体に遮られたように見えなくなったのに気づいた。だが、邪魔になっているその物体の輪郭はなく、ぼんやりした濃い暗闇があるだけだった。

ヨーキンデールが首を絞められているような不吉な喘ぎ声をあげたのが聞こえたので、ロウはとっさに立ち上がると、その黒い塊の中に素早く手を突っ込んだ。体のようなものの感触があった。ヨーキンデールは緊張したように体を硬直させていた。

「ヨーキンデール！」ロウは叫んだ。自分の指が肘の角度を感じ、次にヨーキンデールの喉に触れていた。その手を鋼鉄のようななにかの指が乱暴につかんだ。

「起きろ！」ロウはまた叫んで、つかまれた手を必死で振りほどこうとした。だが、その手はヨーキンデールの手であることがわかった。彼が自分で自分の首を絞めようとしていたようだ。

暗闇の中での激しい格闘は、夢と現実が半分入り混じったようだったが、唐突に終わった。ふたりの間にあった黒い霧のようなものがいなくなると、ヨーキンデールが体を動かし、その手から力が抜けて、ロウのほうへ投げ出された。

「目が覚めましたか？」ロウがまた叫んだ。

「ええ。いったいなんです？　まるで死闘を繰り広げていたような感じです。それとも、ひどい病だったのでしょうか？」

「ある意味では両方ですね。あなたは危機を脱して、まだ生きています。待って。ランプが消えた」だが、そう言っているうちに、ランプがまたついて光を放った。蝋燭を何本か追加すると、がらんとした部屋が浮かび上がった。そして、前と同じように、ドアは閉まったままだった。唯一、違うところといえば、部屋の温度が上がったことだ。

翌朝、書斎の窓から凍てついた太陽が差し込んだとき、ロウはヨーキンデール家に何代にもわたって不吉な影響を及ぼしてきた呪われた存在について話した。

「話の前に、ミスター・ロウ。死んだ兄たちが確かに一時的な自殺願望に苦しんでいたのは間違いないことを認めます」ヨーキンデールが憂鬱そうに言った。

「でも、きっとあなたは間違っていますね」ロウが答えた。「自殺願望というのは、一時的ではなく永続的なものです。何ヶ月も続くことも多く、その間、当人は自殺する機会を虎視眈々と狙っているのです。あなたの場合、昨夜、わたしが目覚めさせたとき、あなたは自分で自分の首を絞めようとしていたことを意識していた。でもあなたはすぐにすっかり目が覚めてしまったので、その意識が消えてしまったのでは？」

「そのとおりです。でも――」

「目覚めているときには不可能な多くのことを、夢の中ではやっていると思うことはよくあるのは知っていると思いますが、一時的あるいは断続的な覚醒と睡眠の間に、この影響にさらされ続けることがあります。それが悪夢だったりしたら、目覚めた後でも、間隔をおいて、心臓が激しく脈打ったり、恐怖の感情が続いたりする。あなたの場合も同じような状態だったのです」

「しかし、この点はどうですか、ミスター・ロウ。今この瞬間も自殺したいなどという願望をこれっぽっちも持っていないわたしが、眠りから目覚めかける瞬間に、自殺衝動にかられるということについて、どう説明しますか？　自殺を毛嫌いし、避けたいと思っているはずなのにですよ」

「あらゆる点で、あなたのお兄さんたちのケースも似ています。みんな、一時は、自分の人生をきちんと送ろうとしていた。それなのに、意思や理性がまったく受け身になってしまい、その行動は、明らかに寝ている間に意識の中に植えつけられた、異常なほど鮮明な考えの言いなりになってしまった。いざ自殺をはかってしまった状態になったとき、お兄さんたちは自分の命を救おうと必死で闘ったことがこの明らかな証明と言えます。現代の心理学は、すべての人間は意識的な自己と共に潜在意識とをもっているものだという結論を出しています」しばらくして、ロウは補足した。「この隠れた第二の自己というやつは、意識下の人格よりもかなり心霊的な影響を受けやすいらしい。こうした影響は、普段の自己が眠っていて活動していないとき、夢をみたり催眠状態だったりするときに、とくに強く働きます。この家系の中であなたも、睡眠中に自己破壊の兆候が見られた顕著な例で、最初に混濁していた間、覚醒に支配されていない瞬間に自殺しようとしたのですよ」

「では、後をつけてくる足音はどうなんです？　わたしたちが操られている相手は誰で、なにが望みで、なにを暗示しようとしているのです？」

「彼らは邪悪な霊的存在とは違うものだと思いますね。たぶんあなたも気づいているかもしれませんが、幽霊というものは、ときに目的を追い求めることもあります。あなたの家族は、自らを破壊するよう駆り立てる邪悪な霊によって、服従させられてきました。ほかにいくらでも例をあげられますよ。シンクレアのドミニコ会修道士や、オクセンホルムスのキツネの例です。あなたのケースに話を戻すと、わたしが起こす前に、どんな夢をみていたか、覚えていますか？」

ヨーキンデールは困ったような顔をした。

「ぼんやりとしか思い出せません。それはわたしから巧みに逃れて、特定できないのです」ヨーキンデールは、なにか思い出せるものがないか探るように部屋を見回したが、突然、はじかれたように立ち上がると、壁にかけてあるひとつの絵に近づいて叫んだ。「これだ！　今、思い出しました。黒い人影に見下ろされたとき、面長の顔と邪悪な目を見ました。ジュール・セヴェインだ！」

「これまで、彼についてなにも言いませんでしたね。彼は誰です？」

「昔のセヴェイン家の最後の末裔です。この屋敷はセブンズ・ホールと呼ばれているのをご存じですよね。これはスカンディナヴィア系のセヴェインという名の一般的な訛りなんです。わたしたち、ヨーキンデール家は、遠い親戚になります。およそ百年前に、ジュール・セヴェインの死後、わたしたちがここを引き継ぎました。ジュールは恐怖政治の時代、別の名前でしたが、重要な役割を果たした人物と言われています。わたしたちがここを引き継いだので、怒っているのかもしれません」

「ジュールはここで死んだのですか？」ロウが訊いた。

「ええ」

「あなたたちを呪うジュールの目的は、あなた方を滅ぼすことといって間違いないでしょう。彼の霊が、恐怖や苦しみ、憎しみなど、最後の激情が感じられるこの場所に漂っているのです。あなたがたはここに住み、彼の影響におののくうちに、無意識に彼の力を呼び起こしてしまった。これで霊が交信する道を開いてしまい、ついには、彼の肉体をもたない意思が、覚醒時のどっちつかずの瞬間にあなたがたの意思にときどき投影されるまでになったのです。あなたから伺った悲劇の連続はその結果だったのです」

「それなら、どうしてわたしとあなたは免れられたのでしょう？」

「あなたはすでにもっとも重要な勝利を手に入れていたのです。お兄さんたちは、ジュールのことはほとんど考えなかったのかもしれません。この絵や、その他ジュールにまつわるものはすべて破壊してください。あなたへのぼくのアドバイスは、しばらくの間、旅に出ることですね」

ロウの勧めに従って、ヨーキンデールは寒い気候を避けてインドへ旅立った。再び前のようなトラブルにみまわれることはなかったが、彼はセブンズ・ホールを嫌い、息子が限嗣相続の制限が解ける成人になるのを待って、家を売りに出すことにした。

サドラーズ・クロフト事件

The Story of Saddler's Croft

フラックスマン・ロウはその人生を心霊現象の研究に捧げてきたが、真剣な動機がないのに降霊術などに興味本位で手を出そうとする輩には、彼はいつでも警告を怠らなかった。こうした向こう見ずな実験者には、災いや危険が及ぶからだ。単なる遊び目的の生半可な人知では及びもしない、計り知れない未知の力を呼び覚ます術を十分に心得ている者などほとんどいないのだから。こうした警告を裏づけるため、次のような異様な物語を読者諸君のために披露しよう。

サセックス州の森の奥深く、めったに通るものもない道のそばに、木組みの平屋が建っている。道からは造りのぞんざいな石壁とそれに沿って植えられた花壇によって隔てられているだけだ。
家の表面はツタで覆われていて、円錐形に組まれた二本の木の間から、誰かが通れば見ることができる。窓にはダイヤ型のガラスがたくさんはめこまれていて、なんの変哲もない白い門から正面ドアまで私道が続いている。古風な趣を漂わせるこんな静かな場所を夫と車で走っていたとき、美しいセイディ・コーコランは古い世界がかもしだすここの雰囲気に強い感銘を受けた。コーコラン夫妻はアメリカ人で、あたりには古いもの好きのアメリカ人の心を満足させるものが満ちていたに違いない。このサドラーズ・クラフトは、理想的な家として夫妻の心をとらえた。その後、外から見たときよりもこの家は広々としていて居心地が良さそうで、さらに広い芝生の庭や土地もあることもわかった。夫妻はすぐに一年か二年の間ここに住もうと決めた。

　夫妻がこの計画を、古い友人であり、土地の所有者であるフィル・ストルードに伝えたとき、彼はあまりいい顔をしなかった。本来なら、夫妻を隣人にするのは大歓迎のはずなのだが、ストルードはサドラーズ・クロフトには、ここにまつわる気味の悪い言い伝えがたくさんありすぎると思っていた。それに家は三年間も空き家になっていた。最後の持ち主は降霊術師のようなことをしていて、家には幽霊が出ると言われていた。それでもミセス・コーコランはひるむどころか、幽霊が出ることが却って、サドラーズ・クロフトにヨーロッパの魅力的な住まいとしての彩りを添えてくれると豪語した。

　コーコラン夫妻は十月ごろ引っ越してきた。だが、フラックスマン・ロウが、ヴィクトリア駅のプラットホームでミスター・ストルードに会ったのは翌年の七月のことだった。

「アンディ・コーコランの家までわざわざお越しいただき、感謝しています」ストルードがまず言った。「彼のことを覚えていらっしゃいますね？　数年前にクラブで彼をあなたに紹介しました。アンディはとても礼儀正しい男で、わたしの古い友人でもあります。昔、一緒に北極探検に行ったこともありますし、スノーシューなどでグリーンランドやサンジョセフの大地を横断したりしたものです。家にそのときのことについて書かれた本もあります。あなたがご自分の目で、彼の人となりを判断してみてください。今、彼はとても美しい女性と結婚していて、わたしのもっている土地にある家に住んでいます。

　わたしは、サドラーズ・クロフトを彼らに貸したくなかったのです。数年前に悪い評判がたちましてね。あなたのような心霊研究者が何人か滞在していたのですが、彼らは家の裏手にギリシャ聖堂のようなものを建ててそこでおかしなことをしていたと聞きました。一緒に暮らしていたギリシャ人はアガポウロスという名で、その宗派だかなんだかの首席司祭だということでした。結局、アガポウロスは月夜の晩に、そのギリシャ聖堂での儀式の最中に死にました。その後、仲間たちは去っていきましたが、当然のことながらその場所には幽霊が出ると噂されるようになりました。わたし自身はなにも見たことはありませんが、当時休暇で帰省していた若い船乗りが幽霊をつかまえてやると豪語して、翌日の朝、聖堂の階段で発見されました。彼はすでに死んでいたので、なにが起こったのか、なにを見たのか、語ることはできませんでした。そのときの彼の顔が脳裏にこびりついて忘れられません。それはそれは恐ろしい顔だったのです！」

「それ以降はどうです？」

「その後はなにもなく、ごく最近まで幽霊を目撃したという噂もなくなりました。年老いた管理人は早く寝床に入ってしまって、このような面倒を避けたのではないでしょうか。でもこの数ヶ月、アンディ・コーコランが何度もなにかを見たと言っていて、実際にとてもおかしなことが続いているようです。ミセス・コーコランが心霊学を勉強するのに夢中になっていて、それを呼び出そうと……」

「ミセス・コーコランには、そのような指向があるのですか？」

「そうです。シンクレアという若者が五ヶ月前にセイロンから戻ってきました。以前、アガポウロスと懇意にしていて、噂ではサドラーズ・クロフトであらゆるおぞましい儀式に参加していたとのことです。あとはご自分で実際に見ることができるでしょう。うわべだけでも、ミセス・コーコランのご機嫌伺いを頼まれるでしょうが、アンディはあなたがこの謎を解決する手助けをしてくれることを望んでいます」

アンディ・コーコランは、背が高く痩せていて、自信あふれる典型的なアメリカ人だった。妻は美しくチャーミングで、こちらもまたこれぞアメリカ娘という想像通りの女性だった。

「おそらくフィルからこの家についての噂をお聞きになっていると思いますが」コーコランが言った。「ぼくは、まるで懐疑的でした。でも今は……あなたは真夏の狂気を信じますか?」

「ぼくは、一般的に言われていることや、迷信の中に深い真理が隠されていることが多いと思っています。しかし、もっと詳しく聞かせてもらえますか」

「この二十四時間以内に起こったことをお話しします。この三ヶ月の間にすべてがエスカレートしていて、ついに昨晩、具体的な事態が起きましたので、すぐにあなたに電報を打った次第です。ぼくは喫煙室で遅くまで本を読んでいました。ランプを消して、床に入ろうとしたとき、月夜の眩い光が直接ぼくのほうに差し込んできました。窓から頭を出して芝生のほうを見てみると、農園の裏手にある聖堂のほうから、聞きなれない歌声が聞こえてきたのです。中でも美しいテナーの声がひときわ際立っていて、それが屋敷のほうへ近づいてくるような感じでした。そのとき妻が、ふらふらした足取りで芝生を横切って農園の方へ向かうのが見えました。夢遊病だと思ったので、ぼくは彼女を追いかけました。でも、彼女に追いつく前にひとりの男が芝生の向こう側の草の小道から現われたのです。

ふたりは連れ立って、その道を聖堂のほうへ向かっていきました。でも、ぼくはそれ以上身動きできませんでした。まるで月の光に脳を貫ぬかれ、足が鎖でがんじがらめにされたようで、荒々しく獰猛で忌まわしい考えが頭の中を揺さぶっている感じでした。どういう言葉でそれを表現したらいいのかわかりません。なんとかして回り道をして後を追いかけ、聖堂の階段のところでふたりを捕まえました。男の服をつかむくらいの力は残っていました。その浅黒いギリシャ人風の顔をはっきり見たのを覚えています。でも、男は体を脇にそらして下藪の中に飛び込んで姿を消しました。わたしの手の中には男のコートの後ろのボタンだけが残っていました。

ここからが不可解なところです。妻のセイディはぼくのほうを見ることなく、あるいはそう見えただけなのかもしれませんが、そのまま聖堂の中に滑るように入ってしまいました。ぼくは、まんまと逃げた男を見つけることにしました。月明かりがぼくの頭上に注ぎ、まるでそれが、絶対的な力のように感じられました。歌声はますます大きくなって、ほかの記憶はかき消されていきました。ぼくはセイディのことを忘れ、神々しい音以外すべてのことを忘れていました。ぼくは――十九世紀に生きる、現実主義のアメリカ人ですが――禍々しい聖堂のドアを力いっぱい叩いて、中に入ろうとしました。すると、まるで夢の中のような感じでしたが、まわりを歌声で包まれる中、誰かがやってきて、いや、ぼくがそう感じただけかもしれませんが、それがぼくを優しく中へ入らせました。一番奥まった窓から月の光が差し込んでいて、大勢の人がいました。朝、気がついたとき、ぼくは聖堂の床に横たわっていました。そこにいたのはぼくだけで、まわりにうっすら積もった埃についているのは、ぼくの足跡と横たわっていた跡だけで、ほかに踏み荒らされている様子もありません。すべては夢だったのだと言われるかもしれませんが、あの聖堂にはあの世のなんらかの力が漂っているとしか言いようがありません」

「あなたのお話からすると」フラックスマン・ロウは言った。「ミセス・コーコランは、今のところ、あなたの記憶にある奇妙な体験など、まるで知らないと言っていいでしょう。奥さんの場合、おそらく驚異と好奇心の感情だけが、夢の中のように働いているだけなのです」

「ぼくは彼女のことを絶対的に信じています」コーコランは声を強めた。「しかし、この力はすべての抵抗力を飲み込んでしまうようです。別の不可解な状況もお話ししましょう。我に返ったとき、ぼくの手の中にはまだ例のボタンがありました。その後、ここをよく訪ねてくるある男のコートのボタンの位置にそれを合わせてみる機会がありました」コーコランは口元を強張らせた。

「その男は、元気なときにはセイロンで茶の農園をやっていましたが、今は家で療養しているシンクレアという若者です。彼はこのあたりの名士の息子ですが、ぼくがあの夜見たハンサムなギリシャ人とは、顔も姿も似ても似つかない男なのです」

「その件について、彼と話しましたか?」

「ええ。彼にあのボタンを見せて、近くの聖堂で見つけたと言いました。彼は興味深そうに話を聞いていましたが、困惑したり後ろめたそうな様子はまるでありませんでした。ただ、なにかを心底怖がっていて、なんの説明もせずに、そそくさと暇乞いをして去っていきました。妻はまったく無関心を貫いていて、なにも言いませんでした」

「ミセス・コーコランは、最近はひどく元気がないようでは?」ロウが訊いた。

「ええ。そう思っていました」

「あなたが聞いた歌声の影響からすると、あなたは音楽家かなにかですか？」ロウは一見関係のないようなことを訊いた。

「はい」コーコランは驚いた。

「それなら、今夜、奥さまと話をするときに、例の夜に聞いたその曲のメロディを再現していただけますか？」

アンディ・コーコランは同意し、ロウはミセス・コーコランに紹介してもらって、ふたりで話ができる機会を作ってもらうよう頼み、話は終わりになった。

ミセス・コーコランは、おおげさなくらいロウを歓待した。

「まあ、ミスター・ロウ、お会いできて本当に光栄ですわ。心霊関係のお話ができるのをとても楽しみにしておりましたのよ。なんて楽しいのでしょう！わたしは結婚前から心霊術に凝っていましたが、結婚後はやめましたの。アンディが時代遅れの偏見をもっていて、興味を示さないからですわ」

どうしてまた、心霊術への興味が再開したのかをロウは訊いた。

「それは、古からのこの場所のなんともいえない雰囲気のせいですわ」ミセス・コーコランは真剣な表情で答えた。「わたしはいつも心霊術はとても魅力的なテーマだと思っていましたが、最近、ミスター・シンクレアという方と知り合いになりましたの。この方は――」ミセス・コーコランは奇妙な表情をして言葉を飲んだ。「心霊術に関してなんでもご存じですのよ」

「彼はそうした試みについて、どのようなアドバイスをしてくれますか？」ロウが訊いた。「顔に月夜を浴びながら、眠ろうとしたことはありますか？」

ミセス・コーコランは驚いて顔を赤らめた。

「ええ。ミスター・シンクレアは、前にこの家に住んでいた降霊術師は、そうするとほかの知的な存在と交信できると信じていたと言っていました。ひとつの夢をみるんです。奇妙な夢を」

「それは、楽しい夢ですか？」ロウは厳かに訊いた。

「今は違いますが、やがて楽しい夢になるだろうと、彼に言われています」

「でも、あなたは一日中、自分の夢のことを考えているに違いない。そうでなければ、月の光が次にそんなにすぐにあなたに影響しないでしょう。あなたは特定の決まり文句を繰り返すよう強いられているのではないですか？　違いますか？」

ミセス・コーコランはそれを認めた。「でも、ミスター・シンクレアは、わたしが辛抱して続ければ、悪霊がいる領域を通過して、良い霊の輪の中に入ることができると言われました。だからわたしは続けることにしたのです。これはすばらしく、わくわくすることなんです。あら、ミスター・シンクレアがいらしたわ！　きっとあなたもお話しをなされば、とてもおもしろいことがたくさんわかると思いますわ」

客間は家の裏手にあり、カラマツの深い林の向こうで切れている細い芝生を眺めることができた。ロウとミセス・コーコランが座っているところのちょうど向かい側にフランス窓があるが、そこから草の小道が農園を突っ切っていて、向こうの芝生と森がちらりと見える。その小道から、乗馬ズボンをはいた若い男が、地面に視線を落としてふさぎこんだ様子で歩いてくる。数分のちに、この若いシンクレアがミセス・コーコランを称賛したとき、ロウにはよくわかった。強い感情を秘めた意思の弱い男の、向こう見ずで頑なな称賛の言葉は、自分自身に対しても、愛する女性に対しても、思い違いをしていることが多いということが。シンクレアは明らかに、健康だけでなく精神も病んでいて、その両方のせいで、ごく普通のハンサムなイギリス男が大いに台無しになってしまっていた。

三人で一緒にお茶を飲んでいる間、ミセス・コーコランは話題を降霊術へと向けようとしたが、シンクレアはそれを避けていた。まもなく、ミセス・コーコランは元気がなくなり、見るからに気だるそうな様子が見られるようになった。すぐにロウは、これはシンクレアがそばにいるせいだと気づいた。

やがて、ミセス・コーコランが席を立ち、男ふたりは外へ出て、タバコを吸いながらしばらく歩いた。ロウがカラマツの間の小道のところを曲がろうとすると、シンクレアはためらった。

「その先はなにか息が詰まるような感じですよ」シンクレアは鼻にしわを寄せた。

「ぼくはむしろ、木々の向こうに屋根が見えるので、なんの建物なのかを知りたいのですがね」

明らかに気が進まない様子でシンクレアは、ロウのそばにやってきた。ふたりは直角に曲がって、堅固な石で建てられた小さな聖堂に続く道に入った。長方形の聖堂には、柱で支えられたイオニア式のファサードがあり、まわりは木で囲まれている。建物の奥のほうにあるひとつしかない高窓には今はガラスはない。ロウはひとつ質問をした。

「これは前の住人によって建てられたあずまやだったのです」シンクレアは無愛想に答えた。「さあ、もう行きましょう。ここはひどくじめじめしている」

「あずまやにしては奇妙ですね。ここはまるで……」ロウは言いよどんだ。「中に入ってもいいでしょうか？」そして低いステップを上がって、ドアを開けようとした。ドアはなんなく開き、ロウは中へ入ってあたり見回した。

壁はかつては黒となにかきらきら光るもので装飾が施されていたようで、アーチ型の窓の下には高さ一・二メートルほどの演壇があって、やはりどう見ても教会といった雰囲気だ。建物の構造や装飾の風変わりな点がいくつかロウの目を引いた。

ロウはシンクレアのほうに振り向いた。

「ここはなんのための場所です？」

だが、シンクレアは真っ青な引きつったような顔であたりを見回すばかりだった。その視線は半ば消えかかった壁の紋章を追っていたが、最終的に演壇に落ち着いた。その全身に痙攣《こうへ》のようなものが走ると、自分の意思ではなく、まるで見えない力に押されたように、急に頭を垂れて前のめりになった。同時に、自分の口に手をもっていってキスした。それから長く尾を引く奇妙な叫び声をあげたかと思うと、一目散に聖堂から逃げ出し、その日はもうサドラーズ・クロフトに現われなかった。

午後は静かで暖かく、嵐がやってきそうな気配があったが、夜の空は晴れていた。数多くのいいことのひとつといえば、アンディ・コーコランに音楽の才があったことで、例の話が実現した。

フラックスマン・ロウとミセス・コーコランが、開け放ったフランス窓のそばでぽつりぽつりと話をしていたとき、アンディはピアノの前に座って、例の奇妙なメロディを奏でた。ミセス・コーコランは途中で話をやめ、すぐに音楽のリズムに合わせて静かに体を揺らし始め、やがて歌い出した。急にコーコランが鍵盤を叩きつけて大きな音を出すと、妻は椅子から飛びあがった。

「アンディ！　どこにいるの？　どこにいるの？」すぐに、彼女は夫の腕の中に身を投げ出して、半狂乱になって泣き始めた。コーコランはどうしたのかと必死で訊いた。

「あの音楽よ。ああ、もうそれ以上弾かないで。最初は好きだったのだけど、突然、怖ろしいものに思えるようになったの」

「どこでその歌を覚えたんだ、セイディ？　おしえてくれ」コーコランは妻を正気に戻そうとした。

妻は澄んだ瞳を夫に向けた。

「わからないわ！　覚えていないの。でも恐ろしい記憶だったような気がするわ。二度と弾かないと約束して！」

「もちろん、もう弾かないよ、ダーリン」

真夜中、月は家の上に昇り、明るく大きく輝いていた。フラックスマン・ロウとコーコランは、一緒に喫煙室にいた。部屋は暗く、ロウは開け放した窓の陰になっているところに座っていた。コーコランはロウの後ろの暗がりの中で待機していた。草地に沿ってカラマツの黒い影が並んでいる。空気はシンとしていて重く、木の葉一枚動かない。ロウの位置からは、森の黒い塊が起伏のある大地を覆う薄暗い闇に伸びているのが見えている。とても愛しいような、たまらなく寂しいような、胸をかきむしられるほど悲しい光景だった。

部屋の中で、かすかなベルの音が鳴り、真夜中を三十分過ぎたことを知らせた。だが、外から聞こえてくる別の音はほとんど止まることはなかった。それは、長くむせび泣くような韻律の歌声で、そろった歌声が上がったり、かすかに下がったりしている。遠いがはっきりした音だ。ロウがこの日聖堂で聞いた、シンクレアの獣のような叫び声と同じだった。

歌声が聞こえなくなったかと思うと、長く陰鬱な沈黙が続き、また唐突に歌う声が始まる。だが、あまりにもぼんやりとおぼろげなので、それは頭の中で脈打つ、とらえどころのない空気の振動なのかもしれない。歌声は次第にゆっくりと大きくなって、徐々に近づいてくる。それは、ミセス・コーコランがもう奏でないでくれと頼んだあの旋律で、震えるような美しいテナーの声だった。

ロウは、コーコランに肩をつかまれるのを感じた。そのとき、草地の向こうに、ミセス・コーコランのほっそりした白くたなびくような姿が現われた。おぼつかない足取りでカラマツの小道のほうへ向かっているようだ。次の瞬間、歌い手が影の中から現われて、ミセス・コーコランを迎えた。それはシンクレアではなかったが、かなり目を引く容姿をしていた。その男が足を止めて顔を上げ、月のほうを見た。その顔は異様なほど完璧な美しさだった。ロウはこのような美しい顔を見たのは初めてだった。だが、大きな黒い瞳や、完全な力でかたどられたような顔立ちは、シンクレアの顔と似たものがあった。ふたりとも、どこまでも深く、永遠に続くような悲しみに取り憑かれた表情をしていた。

「来てください」コーコランがロウの肩に置いた手に力をこめた。「彼女は夢遊病だ。今度は相手が誰なのか、わかるでしょう」

ロウとコーコランが芝生に出てきたときには、もうふたりの姿はなかった。コーコランが前に立ち、ふたりは家の暗がりの下に沿って走り、聖堂の裏に続く別の道をたどった。

ガラスのない窓が、月明かりで輝いていた。静かな木々の間に押し殺したような歌声の響きが漂っている。その音が、アヘンの一服のように脳にしみる。自然と、いくつもの思いがロウの心を駆け巡り始めた。だが、ロウの精神状態は、体の動きと同じようにコントロールされていた。自分をしっかり取り戻して、ロウは走り続けた。ミセス・コーコランとその連れは、聖堂の柱の下のステップを上がっていた。ミセス・コーコランはその意思に反して前へ引っ張られているように、まるで放心状態だった。目は開いているが、なにも見ていない。ただゆっくりと歩いているだけ。

すると、コーコランが暗がりから飛び出した。

次になにが起きたのか、ロウはわからなかった。ロウはミセス・コーコランの腕を優しくつかんで、聖堂から引き離した。ミセス・コーコランはなすがままになって、黙って連れ戻され、家の客間のソファに寝かされた。そして、疲れ切った子供のように横たわり、なにも言わずに目を閉じた。

しばらくして、ロウはまた外に出てコーコランを探しに行った。聖堂は暗く、なんの音も聞こえず、誰もいないようだった。ロウは手探りで長い草地を抜けて、聖堂の裏手に向かった。それほど行かないうちに、なにか柔らかなものにつまずいた。それは動き、うめき声をあげた。木の下の暗がりでなにも見えなかったので、ロウはマッチを擦った。怖ろしいことに、足元に転がっていたのはコーコランだった。殴られ、見分けがつかないほど痛めつけられていた。

翌朝一番で、ミスター・ストルードは、すぐに来て欲しいというロウからのメモを受け取った。ストルードは正午前に駆けつけ、うろたえたような面持で、夜の間に起こったコーコラン夫妻の事件について説明を聞いた。

「ついにこんなことになったか！」ストルードは言った。「シンクレアがそんな卑劣な奴だとは夢にも思いませんでしたよ」

「シンクレア？　シンクレアがこの件となんの関係があるというのです？」

「いいですか、ロウ。だってそうじゃないですか。今朝、わたしが髭を剃っているときに、昨夜、シンクレアが血まみれになって家に戻ってきたと、使用人が言ったんです。それで、なにが起きたか、ほぼわかりました」

「でも、コーコランが立ち向かった相手をぼくは見たと言ったでしょう。その男は、ギリシャ人風の顔をした、とてつもなくハンサムな男だったのですよ」

ストルードは口笛を吹いた。

「ジョージによると、ロウ、あなたはかなり想像力が旺盛なようだ」ストルードは首を振った。

「それはまったくのナンセンスというものでしょう」

「もしそうなら、真相を突き止めるよう努めなくてはなりません」ロウは言った。「今夜、こちらに来て、ぼくと一緒にあの家に泊まってはどうでしょう？　満月の夜ですし」

「わかりました。あなたの頭もすっかり毒されているようですね。ミセス・コーコランは夫の状態にすっかり驚いています。あなたはそれも演技だとでも言うんですか？」

「もちろん本当だと思っていますよ」ロウは静かに言った。「来るときにカメラを持ってきてくださいますか？」

その日は長く、けだるく陰鬱だった。雷雨が来ることもなく、またしても雲一つない夜になった。ロウは聖堂の近くでひとり見張りをすることに決め、ストルードは必要な場合に援護するため、家で待機することになった。

夜の静けさ、露に濡れたカラマツの匂い、月が高くなるにつれ、ひそやかに移動する銀色の光の幻惑されそうな美しさ、自然の純粋な作用すべてが、ロウには前よりもずっと力強く、影響力があるように思えた。心を平常に保つよう努め、ロウは待ち続けた。真夜中が過ぎると、かすかな音が聞こえ始めた。ひきずるような足音、ぶつぶつつぶやくような声、笑い声、だがすべてかすかな音でその正体をはっきりつかめない。前の晩に体験したようなひどく不穏な考えが、次第にロウの頭の中をかけめぐり始めた。

いつ、歌が始まったのかわからなかった。いつの間にか忍び寄り、虜にしようとする恍惚状態を、ロウは計り知れない意思の力を振り絞ってかなぐり捨てた。もう少しで自ら進んでその虜になりそうだったことを後から思い出すと、震えが止まらないほどだった。常に自制心を保つよう習慣づけていることが、多くの危険な場面でのロウの唯一の盾になっていた。その盾が今、ロウを助けてくれた。聖堂の正面に移動すると、ちょうどミセス・コーコランが聖堂のドアの中に入っていくところだった。ロウは一瞬、立ち止まったが、自分の感覚を確信し、彼女を救いたいという一心に意識を集中して後に続いた。聖堂の中には両側に大勢の人がいるのを、ロウは意識していたという。再び壁の絵が輝き、よみがえっているのが、見なくてもわかった。

ロウからもっとも遠く、一番奥にある正面の高窓から、白い月明かりがこうこうと差し込んでいる。そのすぐ下に演壇があり、そこに男が立っている。ロウは心の中で、アガポウロスと叫んでいた。悲しみを宿らせたこの上なく美しい顔が、頭《こうべ》を垂れている参列者をぐるりと見回し、ロウの目をまっすぐ見つめてきた。ゆっくり、ゆっくりと男の前の群衆の間に狭い道が開けていき、ロウはそこを通って演壇のほうへと進んだ。男はこちらを包み込むような笑みを見せ、ロウが近づくと、歓迎するように手を伸ばした。それは永遠の破滅を意味するかもしれないというのに、ロウは男の手を握りたい強い衝動を感じた。

最後の瞬間、これ以上はもう抵抗できないように思われたそのとき、男の隣に白装束のミセス・コーコランの姿があるのに気づいた。彼女もまた、食い入るような貪欲な眼差しで、男の美しい顔を見上げている。演壇まであと六十センチほどのところまできていた。ロウは左手を後ろに引くと、男に向かって強烈なパンチをくらわせた。男は極めて人間くさいうめき声をあげるとよろめき、前のめりになって演壇に顔をぶつけた。埃が舞い上がり、月明かりが曇ったように思えた。激しくなにかが飛び跳ねる動きが感じられ、群れをなしたコウモリたちが慌てふためいてたてるような、押し殺したさざめき声が起こった。そのとき、入り口のドアのほうで、フィル・ストルードの大声が聞こえた。ロウは来てくれと叫んだ。

「なにがあったんだ?」ストルードは、倒れた男を助け起こしながら訊いた。「いったい、これは誰なんだ? なんてことだ、ロウ、彼はアガポウロスだぞ! 彼のことはよく知っている」

「月明かりの中にそのままにしておけばいい。ミセス・コーコランをここから連れて出て、カメラを持って急いで戻ってきてください。月明かりがこの窓から移動するまでに、ぐずぐずしている時間はない」

満月の月明かりは力強く、短い露光時間でもちゃんと写った。だから、後でロウがフィルムを現像したとき、予想どおり、その夜のことと、そこでわかったことはまだ終わっていなかったのだ。ふたりの男たちは、夜明けになるまで暗い中をずっと待ち続けた。明るくなったら、この男をほかの場所に移すつもりだった。ロウとストルードは演壇の両端に並んで座り、ロウに言われてストルードは意識のない男の手を押さえていた。そして、明るくなるまでふたりで話しをした。

「そろそろ彼を移動させるときだと思いますよ」ストルードは殴られた男を振り返りながら提案した。だが、叫び声をあげて、慌てて立ち上がった。

「これはなんだ、ロウ? わたしはどうかしてしまったのか。きっとそうだ。これを見てくれ」

ロウは身を屈めて、意識のない青白い顔をのぞきこんだ。その顔は一時間前に見た印象的なギリシャ人の美しい顔ではなく、驚いたことに、若いシンクレアのげっそりとやつれた顔だったのだ。

数日後、ストルードは大きな手で勢いよく頭の後ろを掻きながら、自分の考えを話した。

「この世は本当に奇妙ですな」薄暗く寒々しい寝室で、頭に包帯を巻いたコーコランのほうを見ながら言った。

「あの世はもっと奇妙だと思いますよ」コーコランはあっさり言った。「我々が最近体験した超常現象の例で判断すればの話ですが」

「ぼくに言わせれば、超常現象なるものはないのですよ。すべては自然なのです」フラックスマン・ロウは言った。「ぼくたちには、もっと光や知識が必要です。人間の声の音色にははっきりした中断の時間があるのと同じように、ぼくたちが自然とか超自然とか言っているものの中間にも中断があるのです。でも、高音域の音は低音の音階とうまいこと調和します。同様に、ぼくたちが見て知っている体験を利用することで、明らかにぼくたちに関係していて、これまでは謎とみなされてきたものに関する正確な仮説をたてることができるはずです」

「今回の謎にはどんな仮説も通用しないのでは?」ストルードが言った。「あなたに言われたように、シンクレアを問い質しましたよ。そのときの彼の回答をメモしてあります。ロウ。これです」

「いや、けっこうです。ぼくの仮説と彼の供述を比べてみますか? そもそもアガポウロスは、古代の月信仰をよみがえらせようとした、ディアニストと称する派閥のひとりだったのだと思います。聖堂の正面に月のシンボルがあったし、内部の壁にも半分消えた紋章があったので、すぐにわかりました。演壇の前に立っていたとき、シンクレアがほとんど無意識に月の崇拝者の仕草をしたのがわかりました。我々が聞いた歌は、アドニスを悼むものです。もっと証拠を示すことはできますが、そうする必要もないでしょう。事実は、あの場所が月夜の晩にだけ幽霊が出ることも示しています」

「シンクレアの自白は、これらすべてを裏づけていますよ」ストルードがここで言った。

コーコランはソファの上でじれったがるように寝返りをうった。

「月信仰は、必ずしも偶像崇拝の最高の形というわけではありません」ストルードはうんざりしたような口調で言った。「だが、わたしは、ひとりの男がアガポウロスそっくりに見えただけでなく、捕まってアガポウロスとして写真まで撮られたのに、一時間かそこらでその風貌がまるで変わってしまったという、奇妙な事実の説明がどうしてもつかないのです。その間に似ても似つかない他人に変身する機会などなかったはずですからね。さらに言えば、アガポウロスは死んでいて、シンクレアは生きている。常識や理性のほうがおかしいと思いたくなるような事実ばかりが出てきます。続けてください、ロウ」

「あなたが言った、アガポウロスからシンクレアへの変身は、ぼくが個人的に接触することになった、もっとも注目すべき、最高の証明となる憑依ケースのひとつです」ロウが答えた。「シンクレアがセイロンにいて不在の間には、幽霊などなにも目撃されていないことに気づくでしょう。彼が戻ってくると、また幽霊は現われるようになった」

「憑依とはなんです？　どんなものかはだいたいは想像はつきますが、でも……」コーコランが口をはさんだ。

「今回のケースの場合は、心霊的な催眠術の例と言うのが限りなく近いでしょう。人間には催眠術というものがあるのは、ぼくたちは知っています。それなら、肉体をもたない霊だって、似たような力があってもおかしくないのでは？　シンクレアはアガポウロスの霊に取り憑かれていました。彼はアガポウロスが生きていた間にその影響に取り憑かれていただけでなく、死後もそれを求めていたのです。ぼくはこうしたことに関して豊富な知識があるとは言えませんが、これと似たようなことから、悲惨な結果が起こることはよくわかっています。シンクレアは、彼自身の動機によって、霊のコントロールを呼び込んでしまい、それに抵抗する生来のパワーも持ち合わせていませんでした。そのため、霊の奴隷になってしまったのです。アガポウロスは、とてつもない精神力を持っていたに違いありません。実際に彼の魂がシンクレアの魂を支配して、彼の精神の属性だけでなく、身体的な外見までギリシャ人のように変えてしまったのですから。おそらく、シンクレア自身は、自分の体験を、特定の考えにこだわり、特定の手順をとることで引き起こされる、一連の鮮やかな夢だとみなしていたのでしょう。朝になって、自分の状態が現実のものだったとはっきりわかるまでのことですが」

「それなら、あそこまでの事態になったことがすべて合点がいきます」ストルードが言った。「でも、シンクレアのようなひ弱な男が、どうしてわたしの友人のアンディに暴力をふるったのか、わかりませんな。あなたの考えを受け入れるなら、シンクレアがやったに違いないでしょう、ロウ」

「狂気に見られるような異常な状態では、見るからに弱い人間が、秘められていた並はずれた力を発揮することがよくあるのは、ご存じのとおりです。だから、シンクレアのいつもの力が、異様な影響によってかなり増幅されたのです」

「もうひとつ質問があります、ロウ」コーコランが言った。「聖堂がわたしたち、とくに妻を虜にしたような、奇妙な魅力や影響についての説明はつきますか？」

「ミセス・コーコランは、楽しみや刺激への欲求を通じて、睡眠中に霊と交信できる段階まで自分を導いたのです。以前は、アガポウロスというギリシャ人がここに住んでいましたよね。個人の思考や感情は、彼らと密接に関係していた場所の近くにオーラとして残っているのです。個人的には、アガポウロスは強く、旺盛な知性の持ち主だったのは間違いないと思っています。しょっちゅう聖堂の近くにいた人間は、こうしたオーラによって、彷徨う彼の霊とたちまち親密な関係を築く状態になったのでしょう。簡単に言えば、邪悪な影響が聖堂に取り憑いていたということです」

「しかし、それではたまったものではないですね。わたしたちはどうすればいいのでしょうか？」

「サドラーズ・クロフトを去ることです。奥さんを説得して、もう降霊術とは縁を切るようにさせなくてはなりません。シンクレアに関しては、ぼくが彼に会いましょう。彼は生命の扉と呼ばれるものを開けてしまったのです。それを再び閉じて、真の意味で誰の干渉も受けないようになるのは至難の業でしょうが、きっとできると思いますよ」

カルマ・クレッセント一番地の謎

The Story of No.1 Karma Crescent

次の話は、南ロンドンのある家にまつわる異様な事件の全容を初めて紹介したものだ。この事件は、かつて世間の関心を独占したといっていい。ある郊外の新興地域で、わずか数ヶ月の間に謎めいた死が続いたことを覚えているかもしれない。それぞれの死に際して、同じような説明のつかない現象が発生し、連続して行われた検死審問が、マスコミでかなりの議論を巻き起こした。提示された証拠が、心霊協会が特に興味を示しそうな特徴をそなえていたからだ。

どんなによく知られたこうした厄介な噂話も、かなりの割合で、決定的な騒ぎになる前に徐々に少しずつ忘れられていくものだ。その死が、未知の、それゆえに避けられない原因から起こったものだとしたら、六人もの人間が死んだことに、世間はすぐに激しく反応する。だから、カルマ・クレッセント一番地での犠牲者たちの運命は、噂話、憶測、あいまいな告発などの嵐を引き起こした。そうこうするうちに、この騒ぎは次第に消え、事件全体は忘れられて、思い出されるのは、ロンドンがその底知れない中心部に抱えている、暗くて不気味な多くの謎の一例としての役割を果たしたということだけだ。

多くの人々は、細かいことは覚えていないかもしれない。おもな事件の短い概要は下記の通りである。のちに心霊研究家としてよく知られる、フラックスマン・ロウによって提示された追加の情報がまとめられた。

カルマ・クレッセントは、ロンドンの中心街から離れた郊外に、新たに一部開発された似たような家並みのひとつ。華やかではないがいいところで、かなりの広さの家が手ごろな賃料で貸し出されている。だが、カルマ・クレッセントだけは、契約が成立したことはなかった。このあたりには、六〜七戸の家があり、シンプソン・B・ヘンドリクス大佐とその息子が、鉄道駅から歩いて一番地の家を見に行ったとき、そのほとんどはもう埋まっていた。一番地の家は、ほかの家と離れた場所にあり、まだ整備されていない宅地を見下ろすことができた。向こうには鉄道の駅舎が見え、天に向かって昇っていくような小高い場所に線路が網の目のように交差しているのがわかる。一番地の家の右手には、深い轍の跡が残る古い田舎道があり、手入れがされていない生垣の間をぬって、半マイルほど離れた小さな家の集落へと続いている。これらの家々は、この寂しい狭い地域の外郭をなしていて、一定数の港湾労働者を輩出していることは見るからに明らかだった。

だが、このアメリカ人親子は、この侘しい環境にもひるまなかった。仕事でロンドンに来ていたし、安価で間取りも広く、家具もそろっていたため、案内してくれた代理店と話をまとめた。賃貸契約書にサインして、大佐たちが使用人について質問したときのことだった。彼らが選んだ一番地には、直接影響がありそうな特異な特徴があることがわかった。話をまとめてみると、この家は、これまで三度続けて店子が入ったが、ここには、なにごとかをささやきかけてくる、暗く邪悪な顔が憑りついていると、全員が苦情を言ったのだという。それは、部屋の隅の薄暗がりに潜み、ひとりで部屋にいるときに出てきたり、ベッドの上からぶら下がって、眠れずに悶々としている者を怖がらせるらしい。

神出鬼没の物言わぬこの存在は、死を予告するのだという。住んでいた者は、家族の一員を亡くして深い嘆きに陥り、そそくさと出て行った。だが、排水管や屋根には不具合はなかったし、イギリスの法律は幽霊など考慮しないのははっきりしていたので、ヘンドリクス大佐は、この賃貸契約をそのまま進めるしかなかった。最終的に、やもめの大佐は幽霊の習性をよく知っていると公言する痩せたスコットランド人家政婦を確保して、一番地の家に息子と共に住むことにした。自由に銃を使ってもいいと、説得されたこともあり、これなら、幽霊はもちろん、その他のトラブルを防ぐのにも役に立ちそうだった。

三日後の二月五日、最初の騒ぎが始まった。ヘンドリクス大佐と息子はかなり遅くまで出かけていた。午前〇時過ぎに帰宅すると、家政婦が怯えて震えていて、幽霊が出たことを詳しく話した。それによると、寝ていたら死人のような冷たい手に起こされ、目を開けると、なにごとかをつぶやく恐ろしい顔が上からぶら下がっているのが見えたという。言っていることの意味はまるでわからなかったが、脅威にさらされたことがはっきり感じられたらしい。

その得体の知れない顔のあたりに、かすかな光がちらついていて、家政婦のミス・アンダーソン曰く、それはまるで〝レーズンの皿にブランデーをかけたもののよう〟だったと彼女は続けた。

「それが死装束のようなもので包まれているのが見えましたよ。その屍衣は長い間、ほったらかしにされていたみたいに黄色く変色してた。ついにその光は、一瞬ぱっと光ったかと思うと消えてしまったよ。あたしはそのまま暗闇の中で震えてたけど、そのうちドアの掛け金が外れる音が聞こえました。この家の幽霊はすごく怖かったですよ」さらにもうひとつ彼女が言っていたのは、ベッドに入る前に、彼女はちゃんとドアの鍵をかけ、その鍵を枕の下に入れておいたということだ。幽霊が現われたあとで、枕の下を確認するとちゃんと鍵はそこにあって、一時間後に部屋を出ようとしたとき、ドアはしっかり閉まっていたという。

この事件の後、ヘンドリクス親子は家じゅうの鍵やかんぬきを調べて、厳重にし、ふたりのうち必ずひとりは毎晩、家にいるようにした。

翌週、息子のラマルティン・ヘンドリクスは、父親をひとり残して劇場へ行った。その間、三時間半ほどで、午後十一時から十二時の間に帰宅すると、父親が食堂のテーブルに座っていた。その体は異様に膨張し、顔はどす黒く、明らかに死んでいた。ラマルティンは大声で家政婦を呼び、近くの寂しい通りにある家のドアに、医師の表札がかかっていたのを見たことを思い出して、呼びに行った。マルーン医師は在宅だった。いかにも力が強そうな大男のアイルランド人医師は、酒のせいで不健康に見えたが、鋭い目と四角い顎が、有能な医者であることを示していた。ラマルティンは、急いで彼をカルマ・クレッセントに引っ張ってきた。その途中で、医者はなんの質問もせず、黙ったまま食堂に入り、大佐をじっくり調べて首を振った。

「ちくしょう！　思った通りだ」医者は言った。

「なんですって？」ヘンドリクスが訊き返した。

マルーンはそのときには酔いが冷めていた。

「古い話だが」マルーンは奇妙なアイルランド訛りで答えた。「この十八ヶ月の間に、この家に呼ばれたのはこれで四件目だ」

「この界隈で？」

「ほかでもないこの家でだよ。ここが呪われているのを知らなかったのか？　〝南ロンドンの奇妙な死〟のことを聞いたことがない？　新聞にでかでかと見出しが出ていたよ」

ヘンドリクスは、テーブルに寄りかかってしゃがれ声で言った。

「ぼくたちはアメリカから来たばかりなんです。今の話について多少は思い出しましたけど、この家と結びつけて考えませんでした。似たようなケースをこれまでも見ているのなら、いったい死因はなんですか？」

「一般の分析家では、わからんよ！　きみが聞きたいような答えにはならんだろう。わたしはそれぞれのケースを彼らと同じように調べてみた。わたしだって能力は変わらんだろう、いや、それ以上かもしれない。わたしはダブリンにいたとき、あらゆる賞や名誉を総なめにしたからね。まあ、そんなことはどうでもいい。生きている人間には、これ以上のことはなにも言えない。組織が青くなっているのと体の膨張は、血液の状態が変化したために起こったことだが、この調査でもっとも厄介だったのは、そのような血液の変化がどうして起こったのか、原因が特定できなかったことだ。その結果は死だということだけが確かなことなのだが」

長い沈黙が続いて、ヘンドリクスが静かに言った。「もし、これがぼくの人生最後の日を招くことになっても、当事者側からこの件に取り組んでやりましょう。すべてを知るまで諦めません！」

「それでは、いいかね、ミスター・ヘンドリクス。わたしのアドバイスを聞くか？　警察や医師たちは、最善を尽くしてこの件について調べたが、彼らは振り出しに戻ってしまった。ヨーロッパできみを助けられるのはただひとり、心理学者のフラックスマン・ロウだけだ」

ヘンドリクスは、アメリカにもそのような専門家はいるとすぐに反論した。

「ロウはそうした人たちとは違う。彼は、きみやわたしのように、分別があり、現実的な人間だ。彼になにができるか、どのようにこの件に着手するか、わかっている。四、五年前に、わたしは田舎で開業した。彼はそこへやってきて、およそ十年もの間、その界隈を悩ませていた謎を解決したんだ。この部屋を現状のままにしておいて、まずは彼に電報を打ちなさい。その後で警察に行くといい」

こうした会話の結果、夜が明けてすぐにロウがカルマ・クレッセントに到着した。マルーンじきじきに迎えに行ったのだ。

食堂は四角い部屋で、庭に向かうフランス窓があった。豊富にそろっている調度品は、整然と整えられていて、格闘などで乱れた様子もなかった。ガラスのドアから三メートルほどのところにあるテーブルに死んだ男が座っていた。その姿は恐ろしいほど醜く変わっていた。遺体は左に傾き、頭が左の肩にもたれるような形になっている。左腕は体の左側にだらりと垂れていて、ズボンの左側が少しまくれあがっている。ロウは遺体のほうに身を屈め、膨れた青い唇を見た。

「この姿勢からなにがわかりますか？」しばらくしてロウが訊いた。

「息を吸おうとして、前に身を乗り出していますね」マルーンが答えた。

「というか、彼は前屈みになっていますが、左寄りになっていますね。最期の痙攣に襲われたとき、楽になろうとして後ろに反り返ったのです」ロウが言った。「死因がなんであれ、その作用はとても急だったのでしょう。ここで起こったこれまでの死について、詳しく聞かせてください」

「ここに記録してあります」マルーンは手帳を取り出した。「どうぞ」

「最初の居住者は、神学博士のドクター・フィリップソン・ヴァインズ。年齢五十三歳。一八八九年十一月十六日、午前六時半、あの同じ椅子に座って死んでいるのを使用人が発見。フロアサールの豪華版が、すぐ前のテーブルの上に開いて置いてあった。死後、数時間経過。栄養状態は良く、内臓にも異常は見られなかった。

次にこの家を借りたのは、リチャード・スティーヴン・ホールディング。年齢六十三歳。引退した亜麻布製品の布地屋。大所帯の家族持ち。一八九〇年二月三日、午前二時に妻が遺体を発見。彼もまた、テーブルのところに座っていて、ヘンドリクス大佐のケースと同じ状態だった。発見時、温もりが残っていた。進行性の心臓病もちだったが、それが死因ではない。

三番目は、フィンドラターという未亡人。娘と病身の息子との三人暮らし。ここに越してきて最初の二週間、息子は寝たきりだったが、五月の暖かな朝、この食堂に降りてきた。姉が午前十一時四十五分に肘掛け椅子に彼を座らせ、三十分後、牛肉スープを持って戻ってきたとき、弟はテーブルのところで、ほかのふたりと同じように青黒く膨張して死んでいた。彼は二十七歳だったが、肺結核を患っていて、いずれにせよ、長くはなかったはず」

「あなたが見たときの遺体の姿勢を覚えていますか？」

「ホールディングのケースだけです。あとのふたりは、わたしが到着する前に長椅子に寝かされていました」マルーンが答えた。

「ズボンの左のこれに気づきましたか?」とロウ。

「ええ。ホールディングのときもそうなっていました。おそらく、最期に痙攣が起きたときにそうなったのではないでしょうか。間違いなく、意図的なものではありませんね」

さらに会話を交わし、夕方にロウが戻ってきて、若いヘンドリクスと数日過ごして、あたりを調査する手はずになった。

ロウがいなくなった後、死亡届が出され、通常の手続きがとられた。警察が家全体を調べたが、時間をかけて捜索して判断する限り、外部からの侵入者は誰もいないことがわかった。ヘンドリクス大佐の体には傷ひとつなかったのに、死に至ったのだ。

検死審問でミス・アンダーソンの示した証拠は、かなりの注目を集めた。心霊的な謎に興味を示した人が何人か、びっしりとメモをとっていた。さらに、家政婦への厳しい追及が長々と続けられた。だが、警察も医師も心霊研究家も、誰も納得いく説を打ち出すことはできなかった。ミス・アンダーソンは、寝ていたときに上からぶら下がってきて、ささやきかけてきた悪意ある顔は、邪悪なものに違いないと固く信じていて、すぐにでもカルマ・クレッセント一番地を出て行きたいと、検死官の前ではっきり言った。

陪審員は有疑評決を言い渡し、ヘンドリクスは重たい気分で家まで歩いて帰った。父親の不可解な死が彼に重くのしかかっていた。幼少の頃から親しんできた父親の非常にハンサムな顔が、恐ろしく変わり果ててしまった記憶をどうしても拭い去ることができない。

フラックスマン・ロウが非公式に検死審問に出席していたのは知っていたので、彼が戻ってきたら、訊いてみようと思っていた。だが、まもなくもっと詳しい情報がすぐに明らかになるだろう、とまで言っていたのに、ロウは帰ってきたとき、どんな意見にも与するのを拒んだ。

「元家政婦のいた部屋に泊まってみたいですね。得体の知れないものが現われた場所ですからね」ロウが言った。「それを許可してもらえるのなら、ぼくはあなたが当面の間、雇った単なる付き添いの使用人と考えてください」

それから数日、ロウは忙しかった。たくさんの頑丈な特殊なボルトを持参して、ありとあらゆるドアや窓に取りつけた。一見、でたらめに手あたり次第つけているように見えた。一階をしっかり封印し、食堂から庭に続くガラスのドアの鎧戸の外側にもボルトをつけた。だが、何日間か、夜寝るときにロウがひとつかふたつボルトを外しておくのに、ヘンドリクスは気づいていた。

その合間に、ロウは庭や家の中や外をぶらぶらと歩きまわっていた。鉄道の駅へ行ってみたり、長いこと小道にたたずんだり、川のそばの不気味な家々を訪ねて、近所の情報を集めてきたりした。

「あなたがここに来てから、小道からつながっている庭へのドアは頻繁に使っていましたか？」

ある朝、ロウはヘンドリクスに訊いた。

「いいえ。こういう環境ですから、父が施錠しておいたほうがいいと考え、使ったことはありません。地下室もありませんので、強盗が通常とるようなやり方以外で、どうやって人が家の中に押し入ることができるのか、わかりません」

マルーンは頻繁にやってきて、ある晩、ロウに幽霊が姿を現わしたかどうか訊いた。驚いたことに、ロウは肯定した。

「そのとき、どうしたのですか？」マルーンが訊いた。

「なにも」ロウは答えた。「ぼくの計画では、まだどんな過剰な行動もする時期ではないのですよ。でも、ミス・アンダーソンには優れた観察力があることは確かですね。彼女は例のあの存在をとても的確に描写してくれました」

「あの邪悪な幽霊の？」

ロウは少し笑みを見せた。「そうです」

その夜、ロウは上から下の階へ行かれないようにした。この家に着いて以来、ロウは自分以外は誰も、いつでもどんな目的があろうとも、食堂に入らないようにと言っていた。換気のために風を通すようなこともせずに、閉め切って開けるなと厳命した。毎日、ロウは朝と夕にその食堂へ入ってしばらくそこに留まった。このときも、いつものように夜にロウは食堂へ向かった。フランス窓をロックする音が、廊下にいるヘンドリクスの耳に聞こえた。

「外につけたあなたの特製安全ボルトもかけておかないのですか？」ヘンドリクスは大声で呼びかけた。「毎晩、忘れていましたよ」

「当分はそのままにしておくかもしれません」ロウは答えた。

「それでは、あなたは何も教えてくれないんですね、ミスター・ロウ」ヘンドリクスはいくぶんイラついて言った。

「まだですが、もうすぐ言えることがあると思いますよ」

翌日、ロウは午後になるまで食堂には入らなかった。フランス窓をロックしてから、部屋のドアを解放して空気を入れ、火を灯した。そしてドアを閉めて閉じこもり、隣の部屋にいるヘンドリクスに話しかけた。

「ぼくはこれから少しの間、出かけますが、不在の間に食堂には入らないようにしてもらえますか？　おそらくマルーンがやってくるでしょうが、彼にもそう伝えてください」

ロウが家を出たときは、すでに暗くなり始めていた。だが、出かけていたのはわずかな間で、すぐに戻ってきた。食堂でヘンドリクスと言い争うマルーンの大きな声が聞こえた。ロウがドアを開けると、マルーンが例の背もたれの高い椅子に座っていた。少し酔っていて、困ったことに意固地になっていた。

ロウは手に持っていたバスケットを置いた。

「なんてことだ、マルーン。そのまま動かないで！　動くと死体になってしまいますよ」ロウはそう言いながら近づいた。「足をまっすぐ伸ばしたままにして、それから静かに立ってください」

マルーンは文句たらたらだったが、ロウの警告に半ば酔いもさめたのか、言われたとおりにした。

「さて」ロウが言った。「少しの間、ぼくをひとりにしてもらえますかね。後で合流しますから」

マルーンは診察しなくてはならない患者がいたため、出て行った。十五分後にロウがヘンドリクスを探しに行くと、彼はひとり居間にいた。

「この家に来たとき、自分で答えを出すべき問いがふたつありました」ロウが言った。「ひとつはどうしてこの人たちは死んだのか？　ぼくたちが目撃した症状を引き起こす、目に見えない特殊な原因があったはずです。ふたつ目は、なにが媒介して彼らは死の原因となるものにさらされるはめになったのか？　ぼくは今夜、ひとつの問題は一部解決しました。明日、もうひとつのほうも解決できるだろうと思っています。始めに、ぼくはすでに彼らの死に方の正確な方法について、満足できる答えを得ています。明日の夜、あなたとマルーンがここに集合してもらえるなら、この謎全体を解決できるかもしれないその方法について、できる限りお話ししましょう」

翌日、ロウとヘンドリクスは一日中家の中に閉じこもっていた。暗くなってから、ロウは姿をくらまし、午後十一時過ぎになるまで戻ってこなかった。マルーンとヘンドリクスが客間で待っていると、ロウが戻ってきて、肘掛け椅子にどさりと座った。

「これで、お見せできるものができたと言ってもいいでしょう」

「最初から始めますと、この家はここを借りた店子たちによって次々に、呪われていると言われていました。さらに、幽霊が目撃された後で皆、死んでいるので、この幽霊がなんらかの形で死に関係していると言われています。すべてのケースで、幽霊は犠牲者と世帯を同じくする者によって目撃されています。死の前兆になにかを見たり聞いたりするかどうかは、たいていはそれを発見する身内の力の及ばないことですが、今ならその疑問に答えることができると思います。彼らは幽霊などなにも見ていなかったという十分な証拠があるのです」

「もがいたり格闘したりした痕跡はなかった」マルーンが口をはさんだ。「そういえば思い出したが、フィンドラターが住んでいたときにここで働いていた、ある年老いたアイルランド人掃除婦が言っていた。彼女の故郷であるアイルランドの一部では、幽霊を目撃すると、見た者の血管の血が変化してしまう多くの事例が知られていると。確かに、我々はそのようなことは笑い飛ばしてしまうだけだが、どうして彼らが死んだのか、ちゃんとした理由がわかるのなら、あなたに感謝するよ」

「まさに、それがぼくが望んでいたポイントなのです」それに対してロウが答えた。「しかし、幽霊の話に戻りますと、ミス・アンダーソンの言っていた幽霊は、ほかの住民の話と符合しますが、目撃するのはほぼいつも使用人のようです。それは、邪悪で、なにごとかをささやくもので、それほど怖がらなければ、それが言ったことを理解できたはずだろうと確信できます。そして全員が、それは死装束のようなものを着ていたと言っている。これが、ぼくの最初の結論を裏づけ、調べを進めるにつれ、ますます自分の仮説に確信をもつに至ったのです」

「しかし、死についてはどうなのですか？　説明がつきますか？」ヘンドリクスが訊いた。「ささやく顔がぼくの父を殺したなんて、いくらあなたでも、ぼくを納得させられないですよ。父なら、ひと目見て、そいつを銃で撃ちぬくでしょうから」

「どうか、もう少し辛抱してください」ロウが言った。「ぼくにはほとんど情報がなかったことを思い出してください。死後の遺体の様子は、すべてのケースで同じです。ひどく膨張した体、腫れた唇、青くなった皮膚。なにかがこうした現象を引き起こし、同時に死をもたらした。誰にもこれ以上のことはわかりません。死という究極の事実を前にしては、知識など役に立ちません。この最後の壁を打ち破るのは、とても不可能なことに思えます」

ヘンドリクスはもどかしそうに体を動かした。

「ええ、ええ、わかっていますよ。でも、幽霊はどこから入ったと思いますか？」

「どこからも入っていないのです」ロウはきっぱりと言った。「もっと早い段階で、ぼくは心霊現象という考えはすべて捨てました。ヘンドリクス大佐の様子に関することで、ぼくが気づいたふたつの点が助けになりました。左足のズボンの裾がまくれ上がっていたことと、椅子の上の遺体の格好です。このふたつの事実から、結論は明らかでした。そのとき、彼らがどうして死んだのか、わかりました。もちろん、これには幽霊はまったく関係ありません。彼らは単純に殺されたのです」

「誰に？　そいつにぜひ会いたいものだ」ヘンドリクスがいきなり言った。

「しかし、訊いてもいいかな？　死装束とささやき声から、あなたはなにを推理したというのかね？」マルーンが訊いた。

「この家の住人の死にざまと一緒に考えてみてください」とロウ。「ぼくは中国人だと推理しました。死装束はゆったりした服です。中国人がよく着ているくすんだ黄色い服は袖がゆったりしていて、形がありません。そこで、この近所に黄色人種がいないか、探してみました。すると川のほとりに、小さな集落が隠れるようにひっそりとあったのです」

「でも、ぼくたちはこの家をありとあらゆる方法で施錠しました。そいつはどうやってここに入ることができたのでしょう？　ぼくたちにどんな恨みがあったというのでしょう？　あなたもご存じのとおり、争った形跡はないのですよ」

「幽霊騒ぎと殺人の動機は明らかです。ある人間たちが、この家を空き家にしておきたかったのですよ。彼らは一階からこの家に入り込む、なんらかの手段をもっています。そう、あらゆる鍵の合鍵を持っているのです。これは、幽霊の出没をとても単純なプロセスにしてくれるものです。ぼくがまず最初に、開錠できないボルトをいくつかのドアに取りつけたのを覚えているでしょう。ぼくはここに来てから、二晩、一階のボルトを外しておきましたが、その結果は、よく眠れました。三日目の晩、仕切りのドアの鍵だけをかけておきました。するとすぐに、例の燐光性のトリックによって照らし出された、ささやく顔と遭遇することができました。予想どおり、あの顔はマレー人の顔を投影したもので、つぶやいて威嚇していたのはピジン英語（中国語、マレー語などを混合した中国の通商英語）です。

確か、あなたは言っていましたよね、ミスター・ヘンドリクス。あなた方親子がここに住み始めてから、庭へのドアは開けたことはないと。事実、施錠されていました。でもここが通り抜けに使われたと考える理由があります。出入り口の内側に糸を渡しておいたので、それが正しかったことの確証がとれました。一度ならず何度か、糸が切られていたのです。庭のドアから食堂のフランス窓までのルートが、ぼくの説における自然な流れといえますね」

「では、木の鎧戸の外にあなたが取りつけたボルトは?」マルーンが訊いた。

「あそこにボルトをつけたのは、ぼくの計画に好都合でした。今、この瞬間にも、よく持ちこたえていると思いますよ。合鍵があるのがわかっていますから、まもなく誰かが食堂に入ってくるだろうと推測しました。これから説明する目的のためです。だから、ぼくの小さな糸の探偵を張っておいて、満足のいく証拠を手にしました。誰かが部屋に入ってきた、その侵入の動機を確かめるために、ネズミを買ってきました。昨夜、バスケットの中に入れて持ち帰ってきたあれがそうです。でも、マルーン氏が実に見事に助けてくれましたよ。ここにあるあの死の椅子に、ぼくがわざわざ自分で座って実験してみるまでもなかったのですから」

マルーンは青くなって、無理に引きつった笑顔を見せた。

「なんてことだ」マルーンが言った。「酒というものは我々を狂わすものだが、わたしの運もまだ尽きていなかったということか。どうして、わたしは助かったのです、ミスター・ロウ？」

「その長い脚のおかげですよ。それがすべてです。あなたがあの椅子に座ったとき、あなたの膝の裏が座席のフレームに合わなかったのです。もし、ぴたりと合っていたら、あなたは今頃、棺桶の中でしょうね」

「それなら、父の死の原因がわかったのですか？」ヘンドリクスが言った。

「ええ。椅子を調べてみたら、足の部分にきれいに切れ込みが入っているのがわかりました。そうすると、椅子は後ろにわずかに傾くことになり、これに座った人間は自然とかなり深く腰掛けるような形になります。そして、膝の裏が座席の前の木の横木に当たります。この横木の左に、小さな鉄の破片が埋め込まれているのが見つかりました。昨夜、ネズミを使ってその影響を調べてみたところ、ほぼ即死で、数分のうちにその体はひどく膨れあがりました。左足のまくれあがったズボンの裾のおかげで、この発見につながりましたよ。ヘンドリクス大佐の場合、左膝の内側にチクリとした痛みを感じて裾をまくり上げたとき、毒がまわってそのせいで死んだのです」

「検死解剖のとき、確かあなたは大佐の膝にほとんどわからないくらいの傷跡があるのを指摘しましたね」マルーンが言った。「でも、ほんとにかすかな小さなものだったので、手がかりにはならないように思われました。でも、あなたはここで死んだ人たちの死因が毒だと証明できる立場にいるわけですが、いずれの遺体からも毒の痕跡が発見できていないという事実を説明できますか？」

「今回の場合と同じように、体からその痕跡が消えてしまう毒物はほかにも知られています。この場合、わたしの仮定が導き出したのは、殺人犯は中国人だということです。だからもちろん、わたしは中国の毒物について、できるだけたくさんの情報を集め始めました。毒物の名前、ましてここで使われた毒物の特異性はお話しできませんが、中国のある恐ろしい秘密結社の犠牲者に関する記録に、似たような例があるという証拠をお見せするつもりです。この秘密結社は、致死性の強い〝ブルー・デス〟という毒物を使って、敵対者を抹殺したおかげで、権力と特権を得たといいます」

「しかし、ぼくたちは殺人犯を割り出すところまでこぎつけましたよ」ヘンドリクスが不服そうに言った。「奴を見つけて罰するのが、ぼくにとってすべてです。ほかのことにはなにも関心がない」

「その通りですよ」ヘンドリクスの怒りが収まると、ロウが言った。「殺人犯は、ぼくたちを家から追い出すという目的をまだ果たしていないので、遅かれ早かれ、悪魔の所業を行うために戻ってくるでしょう。だから、ぼくは幽霊がやってきたとき、喜んだのです。二日前に、目指す男が誰だか特定できましたが、そいつに自分の罪を痛感させる機会を待ちました。一緒に食堂に来てもらえますか？」

ヘンドリクスとマルーンは、蝋燭を持ったロウの後についていった。食堂のドアのところでしばし聞き耳をたてたが、コトリとも音はしない。「そいつが鉄の先端に新たな毒を仕込もうと忍び込んだのを確認してから、窓の鎧戸の外のボルトをかけておきました」ロウが言った。「奴がまだここにいるのがわかるといいのですが。きっとぼくたちを攻撃してくるでしょう。気をつけてください」

「わかりました」ヘンドリクスが、リボルバーを見せながら言った。

ロウがドアを開けた。部屋の中になんの動きもなかったが、テーブルのあたりになにか座り込んでいる姿があった。帽子が脱げて、ブタの尻尾のように巻いた髪が頭から伸ばした腕へと垂れている。次の瞬間、その男が死んでいるのがわかった。暖炉の上の蝋燭に火を灯し、遺体の様子を調べた。

黄色い顔は原形をとどめないほど膨れ上がっていて、じっと動かないその姿は奇妙なほどおぞましい。すぐ前のテーブルの上には、黒い軟膏が少し入った小さな漆箱が置いてあり、男の人差し指に鉄の破片が刺さっているのがわかった。自分が閉じ込められたことがわかって、捕縛者に面と向かうより、自ら命を絶つことを選んだのだ。

この段階で、この事件でのフラックスマン・ロウの役目は終わった。

警察はこの件をなにも公表しなかった。実際、どんなときでも中国人の死はほとんど話題にはならず、警察には秘密にしておきたいもっと重要な捜索があった。

結局、カルマ・クレッセント一番地は、中国人やその他ごろつきどもの体のいいアジトになっていたことがわかった。この家は、駅や川、ロンドンの場末にも近いからだろう。広範囲に地面が掘られてうまいことトンネルが作られていて、この家から小道に抜けられるようになっていて、しかもその小道からの入り口は巧みに隠されていることもわかった。フラックスマン・ロウのおかげで、明らかな危険は回避された。問題の悪党集団は、ロンドンでは非常に警戒されていたため、この国にいるほかの犯罪者グループと手を組んで、安全な隠れ家を提供してもらっていたのだ。

コナー・オールド・ハウスの謎

The Story of Konnor Old House

著名な心理学者のフラックスマン・ロウは言っていた。「我々が超自然の領域と呼ぶものに、自然の法則を投影したり拡張したもの以外の法則はない」と。

「確かにそのようですが」ナリプスは疑わしそうだったが、いちおう謙虚に言い返した。「でも、コナー・オールド・ハウスは、ぼくがよく知っているどんな自然の法則にも当てはまらない問題をはらんでいますよ。言葉にするのすらはばかられるくらいだ。ありえないことだし――それにばかばかしいことなんですよ」

「それはどうなのか、判断してみようじゃないですか」ロウが言った。

暖炉の火を背に立ちあがりながら、ナリプスは言った。「その場所には光る男が取り憑いているとか言われています。図書室で妙な光がしょっちゅう目撃されるとか、ぼく自身もここから夜、それを見たことがあります。床や家具に分厚く埃が積もっていますが、誰かが踏み込んで荒らされた痕跡はまったくないのにですよ」

「光る男が存在するという納得のいく証拠はあるのかな？」

「ええ」ナリプスはすぐに答えた。「あなたに来て欲しいと依頼する手紙を書いた前夜に、ぼく自身が見ました。暗くなってから家に帰って、階段のところで目撃したんです。背が高く、真っ白に光っていましたよ。こちらに背中を向けていて、陰気な肩を上げ、斜めに傾いだ頭は、これまで遭遇したどんなものよりも激しい悪意を表わしていました。ぼくはそいつをそのまま居座らせておきましたよ。コナー・オールド・ハウスをまともに訪問しようとして失敗した者は、誰もがさまざまな知恵を絞ってきましたからね」

「それは確かにばかばかしくも思えますね」ロウが言った。「でも、そのことについてまだすべてを聞いたわけじゃありませんよね」

「ええ。あの家にまつわる悲劇はあっても、本当にありふれた話で、光る男の説明にはまったくならないのですよ」

ナリプスはほとんどを海外で過ごしてきた若い資産家だ。この会話が交わされた場所は、スコットランド西海岸の、ライチョウが棲む広大な荒野を臨む狩猟小屋で、彼はいつもここを家と呼んでいた。湿気の多い谷に建てられたこの小屋は、こぢんまりしていて新しく、庭の生垣の向こうにはマスが泳ぐ川が流れている。

荒野はソルウェー湾に向かって広がっていて、晴れた日には高台から、きらめくさざ波の向こうにそびえるアルサクレイグ島の黒く尖った頂が見えることもある。だが、ロウがたまたま気候の悪い時期に到着したときには、低地は水たまりだらけ、曲がりくねる黄色い小さな川、これまでに降った雨でぼんやりかすんだ陰気な丘の輪郭以外は、小屋付近はなにも見えない。息が詰まるような陰鬱な夜の十一時頃だっただろうか、松材の薪の火がはぜる前で、ほかの客と一緒に座っていたナリプスが、コナー・オールド・ハウスについて話し始めた。

「コナー・オールド・ハウスは、いわゆる最高の場所とは反対側の尾根の分岐に建っていて、ぼくが持ち主です。それなのに、ぼくがわざわざこんな湿った窪地に住んでいるわけは、コナーで一夜を明かすことができる男にはこの郡では決してお目にかかれないせいなんですよ」

同席していたサリヴァンという三人目の男が、ロウのほうをちらりと見てから言った。ナリプス以外にここにはふたりいるだけだが、挑むような言葉で、ナリプスを挑発した。

「これは、なにかの賭け事かね？」サリヴァンは立ち上がった。彼は背が高く、髭をきれいに剃った色黒の男で、その風貌はアイルランドのラグビー国際チームのエメラルドグリーンのジャージと共に一般に知られている。「もし、そうなら、ぼくの勝ちだな！　あそこで泊まってみせるよ。ナリプス、朝には違う問題できみを悩ませてやろう」

「この一件は、きみのというよりロウの専門ですよ」ナリプスが言い返した。「まさか、きみは本当には行かないだろう？」

「でも、そう思っていいよ」

「ふざけるなよ、ジャック！　ロウ、彼に行くなと言ってやってください。世の中には誰も手を出すべきでないことがあるってこともね」ナリプスは急に言葉を切った。

「誰も手を出すべきでないことがあるか」サリヴァンが被った帽子をいつまでもいじくりながら言った。「で、この賭けからぼくが手を引いたら、きみらの内のひとりが代わりに行くというわけだな」

ナリプスは妙にそわそわしていた。

「ロウ、彼に言ってやってください。あなたならわかっている――」

ロウは、大柄なアイルランド人が虚栄心から喧嘩腰になり、一方でナリプスは、やけに深刻になっているのに気づいた。

「サリヴァン氏は、自分の身は守れるくらい体格がいいのは確かだが」ロウが笑った。「同時に、彼に異存がなければ、出かける前にもっと話を聞いたほうがいいでしょう」

サリヴァンはためらい、自分の帽子を隅に投げた。

「それはそうだな」

この時期にしては暖かな夜で、開け放った窓から土砂降りの雨の音が聞こえていた。

「土砂降りの雨音ほど、うら寂しいものはないですね」ナリプスが言った。「ぼくはいつも、この音を聞くと、コナー・オールド・ハウスを連想する。あそこは十年以上空き家のままで、これは歳月が語る話なんです。あそこに最後に住んでいたのは、サー・ジェームズ・マッキャンという、シエラレオネの商人かなにかだった男です。准男爵の位が与えられたとき、彼はイングランドにやって来て、美人の娘とたくさんの使用人とあそこに住み着きました。使用人の中にジェイクという名の黒人がいて、彼はアフリカで命を救われたと言われていました。それから二年近くはすべてが順調でした。サー・ジェームズはときどき数日間、エジンバラへ行くことがありましたが、あるとき彼が不在の間に、娘が睡眠薬の過剰摂取でベッドの中で死んでいるのが見つかりました。サー・ジェームズは相当なショックを受け、慌てて旅から戻ってきたのですが、ふさぎ込むようになり、精神病院で腑抜けのようになったまま、何も語らずに数ヶ月後に死にました」

「その娘がそんなに美人だったなら、会うのに異存はないな」サリヴァンは笑いながら言った。

「だが、その話にはそれほど意味がないだろう」

「もちろんそうだが」ナリプスが言った。「よくあることですが、田舎の噂話が単なる事実にたくさんの尾ひれをつけました。ミス・マッキャンの死に関するおぞましい詳細は、検死審問では抑え気味に表現されましたが、人々は後になってから、娘がずっとふさぎ込んでいて、なにかを怖れていた様子だったことを思い出しました。どうやら、彼女は黒人を嫌い、父親に彼を遠ざけるよう頼んでいたけれど、彼は聞く耳をもたなかったと言われているようです」

「それで、結局その黒人はどうなったんです?」ロウが訊いた。

「結局、サー・ジェームズは、娘の死の原因がジェイクにあると責めたてて、かなり手荒なことをして彼を追い出したんです。ジェイクは復讐してやると誓って、実際にすぐにコナーを出て行き、その後は行方知れずになりました。それからまもなく、サー・ジェームズは狂気に苛まれ、図書室の長椅子の上で、まともにしゃべることもできず、絶望的な状態で倒れているのが見つかりました」ナリプスはこう言いながら窓に近づき、雨に濡れた暗がりを見つめた。「コナー・オールド・ハウスは、反対側の尾根に建っていますが、ときどき光が見えるその図書室の窓がある建物の一部が、ここから木々を通して見えるのです。今夜はまったく光はありませんが」

サリヴァンが大声で笑い飛ばした。

「きみの言う光る男はどうなんだ? 運が良ければ会ってみたいな。ぼくが思うに、ただで泊まれる居心地のいい寝ぐらがどこにあるか知っている、抜け目ないスコットランド人旅行者でも、忍び込んでいるんじゃないかね」

「そうかもしれない」ナリプスがじっと辛抱して言った。「夜に光を見てから、一度ならず二度、朝になってから図書室を調べに行ってみましたが、埃が分厚く積もっているばかりで、誰かが忍び込んだ痕跡はありませんでした」

「光が一定の間隔をおいて現われるかどうかは、わかりますか?」

「いや、ついたり消えたりでした。たいてい雨の日に見ます」

「コナー・オールド・ハウスで、ほかにおかしくなった人間がいるのか?」サリヴァンが訊いた。

「ひとりは旅行者で、数日間、キッチンで快適に過ごしていたらしいのですが、それから図書室へ移動したら異変が起こりました。やはり、サー・ジェームズが倒れていた長椅子の上で、瀕死の状態で横たわっているのが発見されました。顔には黒く醜い斑点ができていたといいます。なにかをしゃべるどころではなく、彼からなにも聞き出せませんでした」

「たぶん、その男はもともと醜い顔をしていたんだよ。雨に打たれて風邪をひいて、コナー・オールド・ハウスにたどり着いて、ぼくたちもそうするように、狭いベッドに潜り込んだんだ。そして肺炎かなにかでひっそりと死んだんだろう」サリヴァンが推理した。

「いちかばちかで、幽霊と対決しようとした最後の男は」ナリプスはサリヴァンの言葉を無視して続けた。「ボウイという若い男で、サー・ジェームズの甥にあたります。彼はエジンバラ大学の学生で、ここの謎を解き明かそうとしました。ぼくは家にいませんでしたので、代理業者があの家に泊まるのを彼に許可したんです。翌日になっても、ボウイが現われなかったので、代理人が様子を見に行くと、やはり長椅子の上に横たわっていて、まともなことはなにもしゃべることができなかったらしいのです」

「うへえ、肉体的な恐怖が、神経の高ぶった脳に悪さでもしたんじゃないか」サリヴァンがバカにするように締めくくった。「それじゃあ、ぼくはもう行くよ。雨も止んだから、真夜中になる前にあの家に行ってみるよ。夜明けには、なにを目撃したか話せるだろう」

「あそこへ行ってなにをするつもりなんです？」ロウが訊いた。

「図書館にあるという、そのおっかない長椅子で夜を過ごすつもりさ。まあ、騙されたと思ってさ。おかしくなったのは、サー・ジェームズの血筋だろう。父と娘と甥が、それぞれ別々の方法でそれを証明した。数日あの家で過ごしたほかの旅行者は、自然死だよ。このバカげた話に立ち向かって、収束させるためには健康な男が必要なだけだよ」

ナリプスはかなり動揺していたが、それ以上反対はしなかった。だが、サリヴァンが出て行くと、落ち着きなく部屋を歩き回り、ときどき窓から外を見た。すると、突然声をあげた。

「あそこだ！　例の光が見える」

ロウも窓辺に駆け寄った。遠くの反対側の尾根の陰気な薄暗がりの中、かすかな光がちらちら揺れているのが見える。それから、ロウは自分の時計を見た。

「彼が出発してから、一時間以上たっている。なあ、ナリプスくん、きみの後ろの書棚から『人間の起源』を取ってくれませんか。ぼくたちは夜明けまでじっと腰を据えて待つことになるかもしれません。サリヴァン氏は、だいたいにおいて、自分で納得いく説明を見い出そうとする男ですからね」

「天が味方してくれれば、最悪の場面はないかもしれません！」ナリプスが言った。「もちろん、コナー・オールド・ハウスに関して、ぼくがしたことを話すなんて愚かでしたが、ジャックのような馬鹿者以外は誰も、ぼくが本気だったとは思わないでしょう。なんとか夜が無事に過ぎてくれたら！　とにかく、あの光はあと二時間で見えなくなるはずですから」

ロウにとっても、夜は耐え難いほど長く感じられた。だが、夜明けの最初の光がさすと、ロウは本をソファの上に投げ捨て、伸びをして言った。「ぼくらも移動して、サリヴァン氏がどうしているか、見に行きましょう」

雨がまた降り始め、ふたりがコナー・オールド・ハウスへの道を馬車で上っていく間も、一直線にまっすぐ振り続けていた。上れば上るほど、家がある高台へと続く、切れ込んだカーブの脇の木々が深くなっていく。家は現代的な赤レンガの建物で、その切妻造りと鋭く傾斜したせり出し気味の屋根が絵のように美しかった。だが、灰色の夜明けの中、荒れ果てて人を寄せつけない雰囲気がはっきりわかった。左手には芝生と庭があり、右手は急に切れ込んだ崖になっていて、九十メートルほど下の水嵩が増して怒涛の如く荒れ狂っている川へと落ち込んでいる。ふたりはがらんとした厩舎のあたりへ馬車をまわし、徒歩で家のほうへ急いで、図書室の窓の下へ直接続いている小道をたどっていった。ナリプスが窓の下で足を止め、叫んだ。「おーい！　ジャック。どこにいるんだ？」

だが返事はなかった。ふたりは玄関のドアへ向かった。まだ濡れそぼった夜明けの薄暗さと、淀んだ空気の強いにおいが広いホールに充満していた。見回してみても、なにもなく荒涼としている。家の中の静けさが、押しつぶされそうなほど重苦しい。また、ナリプスが叫んだが、その声は静けさの中、耳障りな不協和音で、廊下をこだまするばかりだった。ナリプスは図書室へと走り出した。

図書室の入り口が見えるところまで来ると、むかつくようなにおいが漂ってきた。と同時に、敷居の外にサリヴァンが横たわっているのが見えた。その体は激痛に痙攣しているかのように妙にねじれて強張っていて、歪んだ真っ青な顔がオーク材の床に押しつけられている。ふたりで屈んでサリヴァンを起こしたとき、ロウはドアの向こうに広がる陰気な部屋の様子に気がついた。そこには埃が堆積していて、一部踏み荒らされていた。ちらりと見ただけだったが、例の言いようのない悪臭にまたしても襲われ、ふたりは急いでサリヴァンを外気のあたる場所へ運んだ。

「できるだけ早く家に連れて帰らなくては」ロウが言った。「彼は重体だ」

これは本当だった。だが数日のうちに、ロウの治療とたゆまぬ介護のおかげで、サリヴァンの症状は峠を越え、やがて頭もはっきりしてきた。

以下の説明は、サリヴァンのコナー・オールド・ハウスでの体験を文書にしたものから抜粋したものだ。

「コナー・オールド・ハウスに到着すると、サリヴァンはできるだけ物音をたてないように中に入り、図書室へ向かった。何本か擦ったマッチの火を頼りになんとか図書室へのルートを見つけて、サー・ジェームズの例の長椅子へとたどり着き、そこで横になった。サリヴァンは、口の中に苦い味がするのにすぐに気づいた。部屋を横切ったときに、舞い上げてしまった埃の塊のせいだと思った。

最初、サリヴァンはもうすぐ行われるスコットランドとのラグビーの試合について考え始めた。すでにその試合に向けたトレーニングに入っていた。まだサリヴァンは、ナリプスの話を信じておらず、半ばバカにしていた。家はどこまでもがらんと虚ろに見え、不穏な沈黙に包まれていた。この沈黙のせいで、彼の気楽な動作ひとつひとつが、なにか重大なことが起こる前兆のような気がした。ほどなく、部屋の中になにかがいる感覚が、サリヴァンにのしかかってきた。彼は体を起こして、静かに話しかけた。答えが返ってくるものと思ったが、その存在感があまりに圧倒的だったので、彼は思わず大きな声を出した。〝そこにいるのは誰だ？〟だが、返事はない。沈黙が充満する中、彼はじっとしていた。わずかでも音がしてくれたら、気が休まっただろうに、と彼はのちに言っている。なにも音がしない中で耳をすましていると、彼の中で、なにか実体のある相手をつかまえたいという強い欲望が芽生えてきた。

〝まさに恐怖だった！〟これまでずっと恐怖を引き起こす原因が存在することを否定していた彼は、言葉ではどうにも表現できない恐ろしさに、自分が震えているのがわかった。これは恐怖だが、それはどこまでも無限に広がる怒りの渦だと気づいた。

すると、まわりの暗闇が薄れていくのを感じた。かすかな光が上から暗い中をゆっくりと差し込んできた。天井を見上げると彼のすぐ頭の上に、燐が燃えるような青ざめた輝きの斑点模様が不規則に現われるのが見え、それらは次第に明るくなっていく。どれくらいの間、頭をのけぞらせてその光を見つめていたのか、わからないが、ずっと長いことそうしていたようにも思われた。

それから、彼ははっきりとなにごとがつぶやき、やっとの思いで光から目を背けて、立ち上がって足をひきずりながら部屋を歩き回った。その燐光はグリーンを帯びていて、月明かりのようにはっきりしていたが、わずかに動いただけで埃が蒸気のようにたちのぼり、いくぶん光の強さが薄れた。少しの間、彼は動き回っていたが、悪夢を見たときに感じるような、胸が詰まるような重苦しさがのしかかってくる。むかつくようなにおいが顔にまとわりつき、容赦なく圧倒してくる嫌悪感が耐えきれないほどになり、どっと疲労感が増す。サリヴァンは思わずふらふらと長椅子へと戻った。

しばらく、彼は天井を見なかった。窓を通して光が差し込むように、誰かにじっと見られているような気がしたという。まわりの空気はどんよりと息苦しく、けだるい恐怖で壁一面を覆っているようだ。彼の感覚はどんどん強くなるにおいに抵抗するも、窒息しそうになっていた。それから、半分眠ったような状態が続き、なんの記憶もなくなり、気がつくとまた天井の光の斑点を見つめていた。

このときまでに、明るさが陰り始め、あちこちで暗闇のあばたが数を増した。その暗闇がゆっくりと一緒になると、そこから太った黒い邪悪な顔が現われた。次の瞬間、そのおぞましい顔が上から下りてきて、だんだんサリヴァンのほうへ近づいてくるのに気がついた。残っていたすべての光がすべて暗くなり、したたる液体のようなものが大きなしずくとなって落ちてきた。

まるで自分を守ることなどとてもできないようだった。体が動かない。体の中でさかんに戦っていた血はなりをひそめ、恐怖、それも狂ったような恐怖と強い嫌悪感が、彼に行動する力を与えていた。サリヴァンは自分の手が激しく動くのが見えたが、それは迫ってくる顔を完全に通り越してしまった。だが、かすかな衝撃を感じ、なんとかどんよりした生気のない皮膚がぶるぶると震えるのを間違いなく見た。最後にあがいて、なんとかドアを開けて飛び出し、長椅子から体を引き離すと、ドアに向かって一目散に走った。こじあけるようにドアを開けて飛び出し、なにもない赤い空間に向かって突っ込むように走りに走った。その後のことはなにも覚えていないという」

サリヴァンがまだ臥せっていて、なんの説明もできず、コナー・オールド・ハウスでなにがあったのかわからなかったとき、ロウは例の若いボウイを見舞うという口実で精神病院を訪ねた。ところが、病院に着いてみると、その前夜にボウイは死んだことがわかった。疲れたような目をした医師の助手が、ロウに遺体を見せてくれた。ボウイは確かに痩せていたものの、しっかりした体格をしていた。その顔は気高かったが苦悶に歪んでいて、額の中央から右耳の後ろにかけて腫れて変色し醜くなっていた。

ロウは質問した。

「ええ、非常に珍しいケースですね」医者は言った。「ですが、彼は病死です。数ヶ月前にここに連れてこられたとき、額に小さな黒いしみがありましたが、それが急速に広がったのです。今は体中に同じような大きなしみがあります。ショックや激しい精神的重圧を受けた後で腺病の患者によく起こる、ガンのような症状だと思います。ボウイは自らコナー・オールド・ハウスで夜を過ごすことを自分に課したのですからね。ショックによる最初の症状は、無気力になり、次第に体が動かなくなり、しまいには昏睡状態に陥ります」

医師が話している間、ロウはボウイの遺体に屈み込み、顔のしみを詳しく調べた。

「このしみは菌類が成長したもののようですね。インドの病気で、菌腫として知られているものとよく似ているのではないでしょうか?」やっとロウが言った。

「そうかもしれません。このケースはとても珍しいですが、病名がなんであれ、それがボウイの家系の遺伝のようです。確か、おじのサー・ジェームズ・マッキャンも末期にはまったく同じような症状でした。彼もまたこの病院で死んだのですが、それはわたしの赴任以前の話です」

さらに遺体を詳しく調べてから、ロウは病院を後にした。翌日から二日ほど、ナリプスに都合してもらった自由に使える空き部屋で、ロウは忙しくしていた。テーブルや椅子はすべてロウが要求したもので、これらにさらに顕微鏡、湿式加熱装置、例の夜にサリヴァンが着ていたコートも持ち込まれた。三日目の終わり、サリヴァンが順調に回復に向かう中、ロウはナリプスと共にもう一度、コナー・オールド・ハウスを訪れた。その間、ロウはここで起こった奇妙な出来事について、自分の出した結論のいくつかにふれた。ロウの仮説と、サリヴァンの体験の詳細、ロウの結論を確かめられるようなものを加えたその後のいくつかの発見に共通点を見出すのは簡単だろう。

ロウとナリプスは前回同様、馬車でコナー・オールド・ハウスへ向かい、やはり厩舎のところに停めた。乾燥しているが、どんより曇った日で、時刻は午後の早い時間だった。家へ向かう道を上っていきながら、ロウは図書室の窓を見上げて言った。

「あの部屋の空気は淀んでいますね」

「どうして、そう思うんです?」ナリプスがピリピリしながら言った。

「うまく言えないのですが、そんな印象をかもし出しているんですよ」

ナリプスは失望したように首を振った。

「いつもそれに気づいていましたよ」ナリプスは言った。「サリヴァンがまた元気になって、あそこでなにを見たのか話せるようになって欲しいですね。それがなんであろうが、それのせいでサリヴァンはもう少しで死ぬところだったのですから。この件についてもっとはっきりしたことがわかるとは思えませんね」

「ぼくなら話せると思いますよ」ロウが言った。「でも、まず図書室に行って、さらに核心に入る前にどんな様子か見てみましょう。ところで、部屋に入る前に口と鼻をハンカチで覆っておいたほうがいいですよ」

この数日の出来事にかなりの影響を受けていたナリプスは、ほとんど興奮を抑えることができない状態だった。

「どういうことです、ロウ？　なにか考えでも……」

「そうですよ。この家の埃が単純に有害なのだと思います。サリヴァンはその空気をたくさん吸ってしまったから、ああいう状態になったんですよ」

ふたりが家の中に入り、ホールを通って図書室へ入る間、やはり前回と同じ、寂れた感じと淀んだ雰囲気が家じゅうに満ちていた。図書室の入り口で足を止め、中をのぞいた。部屋の中の緑がかった埃の量は異様なほど多かった。床のいたるところに埃の塊が堆積し、盛り上がっていたが、そのほとんどは長椅子のあたりに集中していた。そのすぐ上の天井に、変色したしみが細長く浮き上がっているのにふたりは気がついた。ナリプスがそれを指さして言った。

「あれが見えますか？　あれは血痕で、確実に年々大きくなっているんです！」ナリプスは低い声で言うと、身震いした。

「ああ、思った通りだ」ロウは天井のしみを非常に興味深く見つめた。「もちろん、これですべてが説明できる」

「ロウ、どういうことなのか、話してください。年々大きくなる血痕が、すべてを説明するって、どういうことですか？」ナリプスは言葉を切ると、長椅子を指さした。「あれを見て！　ネコがあの長椅子の上を歩いたんだ」

ロウは友人の肩に手をかけて、笑った。

「親愛なる友よ、天井のあのしみは、ただのカビや菌のしみですよ。さあ、埃を舞い上げないように静かにこっちへ来て。きみが言うネコの足跡とやらを調べてみましょう」

ナリプスは、長椅子のほうへ近づき、足跡をじっくりと見た。

「これは、動物の足跡ではありませんね。さらに説明のつかないなにかのものです。雨のしずくかもしれませんが、完璧に防水になっているこの部屋に、どうして雨漏りなどするのだろう。しかも、限られた一部の場所だけに？　あなただって、きちんと説明できないでしょうし、もちろん、こんなことは予想外なのでは？」

「周囲に注意を払って、ぼくの言うことを考えてみてください」ロウが言った。「サリヴァンを助けにここに入ったとき、通常の廃屋に積もる埃の量をはるかに越えていることに気がついたんですよ。色も緑がかっていて、極端に細かいことにきみも気がついたかもしれない。この埃は、ホコリタケのような粉状で、微小な胞子体で構成されています。サリヴァンのコートも、この細かい埃で覆われていました。さらに、襟や袖の上の方に、ねばねばした滴がひとつ、ふたつついていました。きみが言った雨だれの滴のようなものです。当然、その位置からこれらは上から落ちてきたという結論を導き出しました。埃というかむしろ、サリヴァンのコートから見つかった胞子から、四種類以上の菌の標本を培養してみたら、そのうち三つはアフリカ原産として知られているものだとわかりました。四つ目は、わたしが知る限り未知のもののようですが、おそらくPhalliodeiの仲間にもっとも近いものでしょう」

「でも、あの雨だれの滴については？　あれはなんなんでしょう？　あのひどいしみから垂れたものだと思いますが」

「そうですよ。あのしみはぼくがそれとなく言った、無名の菌によってできたものです。非常に速く成熟し、成熟するにつれて腐敗し、胞子をたっぷり含んだ黒い粘液のようなものに液化します。それがしたたり落ちて、むかつくようなにおいを漂わせていたわけです。粘液が渇くと、胞子の埃として残るのです」

「そんなものはほとんど聞いたことがありません」ナリプスは半信半疑で言った。「あなたは本当によく知っていますね。驚きです。でも、これはどうなんですか。あの光については？　昨夜、あなたも見たでしょう」

「あれは、三つのアフリカ産の菌がもつ、よく知られている燐光作用のせいですよ。腐敗するときだけでなく、成長するときにも発光します。光はいつも見えるわけではなく、おそらく、気候や大気の条件などで、時折、爆発的に光ることがあるのでしょう」

「でも」ナリプスはまだ疑問をとなえた。「あなたが言うように、この事件が菌による中毒ならば、これまで死んだ人間と同じようにこの部屋で夜を過ごして、同じように危険にさらされたはずのサリヴァンはどうして助かったんですか？　彼は体調は悪いけれど、精神のバランスはすでに回復しつつあります。それなのに、ほかの者は皆、完全におかしくなってしまった」

ロウは非常に重苦しい顔をした。

「友よ、きみは興奮しやすいし、迷信深い人だから、きみの神経をこれ以上試すようなことをするのはためらってしまいますよ」

「いいから、続けてください！」

「ぼくがためらうには、ふたつ理由があります。ひとつは、言ったように、ぼくの答えの中で、興味深いけれど不愉快なこと、そのいくつかは証明された事実であることを言わなくてはならないからです。もうひとつは、いずれにせよ、根拠は十分だけれど、仮説にすぎないことです。菌類が特定の病気に重要な影響を及ぼすことは知られていて、菌が根本原因として直接的な役目を果たしているものもあります。歴史的に見ても、有毒な菌がかつて国の運命を変えるのに使われたことも何度かある。我々の目の前にある証拠や、ボウイの遺体の状態から、ぼくが言った未知の菌が間違いなく悪性の性質をもっていて、皮膚を通して恐ろしいほど急速に脳に影響を及ぼし、体じゅうのあらゆる組織に徐々に浸透して、やがては死に至る。サリヴァンの場合は幸いなことに、天井から落ちてきた滴は、彼の皮膚ではなく衣服に触れただけだったのですよ」

「だが、待ってください、ロウ。この菌はどこから来たんです？　そして、どうやってこの家から排除したらいいんでしょう？　きっと、こんなことを聞いたら、誰でも頭がおかしくなるのに決まっていますよ。これから、あなたならどうするつもりですか？」

「まず、二階へ行って、あのしみがある天井のすぐ上の床を調べます」

「そんなことはできないと思いますよ。上の部屋は、六十センチから九十センチの厚さの、中が空洞になっている仕切りによってふたつに分かれているんです」ナリプスが言った。「もともとつくりつけの戸棚にするつもりだったのかもしれませんが、使われたことがあるとは思えません」

「それなら、その戸棚を調べてみましょう。菌が入り込むなんらかのルートがあるに違いありません」

ナリプスが先導して二階に上がったが、上に行くと彼は体をのけぞらせて、ロウの腕をつかみ、乱暴に前へ押し出した。

「あれを見て！　光だ。光が見えましたか？」ナリプスは言った。

ほんの一、二秒の間、それは確かに光のように見えた。回転する反射器から放たれた、とらえどころのない光のようで、踊り場の四方の壁にちらちらと動きながら映っている。だが、ちゃんとそれをはっきり見たと確信する間もなく、消えてしまった。

「きみが光る人物を見たという正確な場所はわかりますか？」ロウが訊いた。

ナリプスは踊り場の隅の暗がりを指さした。

「ふたつのドアの間のパネルのちょうど前のところです。そういえば、あのパネルの上部を開けるのになにか手段がありそうだと思い始めましたよ。さっき、言った戸棚用の空間部分を開けてみるというアイデアです」

ナリプスは踊り場を横切って、パネルを手で触って調べてみた。すると、小さな金属のノブがあった。それを回すと、パネルの上部がシャッターのように後ろへ開いて、向こうの暗がりへ続く狭いスペースがあらわになった。ナリプスはその空間に頭を突っ込んで、中を覗き込んだ。が、すぐに頭を引っ込めて喘ぎながら言った。

「光る男だ！　奴があそこにいる！」

ロウは、なにが待ち受けているのかわからないながらも、ナリプスの肩越しにのぞき込み、力を入れて下のほうの板を引きはがした。その中のちょうど腕を伸ばした距離のあたりに、ぼんやりと光る姿があった。背が高く、背をこちらに向けて、仕切りの左側に寄りかかっていて、頭から爪先までかすかに光る白いカビのようなもので覆われている。

ロウたちが驚いて見つめる間も、そいつはじっと動かなかった。ロウが手袋をはめて、前に乗り出して、そいつの頭に触ると、白い塊の一部が指の中でほろほろと崩れ、下のほうに黒人特有の縮れ毛の塊が見えた。

「なんてことだ、ロウ。これはなんだと思いますか？」ナリプスが訊いた。「これはジェイクの遺体に違いない。だが、この光るものはなんでしょう？」

ロウは日の光が入るところに立って、指についたものを調べた。

「菌ですね」ロウがやっと言った。「よくいるイエバエを襲うカビ菌と共存する性質があるようです。窓の敷居のところで、足を硬直させて死んでいるハエを白いカビが覆っているのを見たことがないですか？　同じようなことがここで起こったんですよ」

「でも、どうしてジェイクがカビ菌に覆われることになったんです？　だいたい、なぜ彼はこんなところに入り込んだのだろう？」

「もちろん、すべてはこちらの推測にすぎないですが」ロウが答えた。「ぼくたちは知らなくても、アフリカのさまざまな部族にはよく知られている自然の神秘があるのは、ほぼ間違いないでしょう。その黒人が、致死的な胞子を所有していた可能性はありますが、どうやって、そしてなぜ彼がそれを使ったのかは、今となっては明らかにすることはできないでしょう」

「でも、ジェイクはここでなにをしていたのでしょう？」ナリプスが訊いた。

「前にも言ったように、あくまでも憶測にすぎませんが、その黒人はこの戸棚スペースを誰にも邪魔されない自由になれる場所として利用していたのではないでしょうか。彼がここで胞子を培養していたことは、彼の遺体の状態や、すぐ下の天井の様子でわかります。あんなに菌がはびこっていては、決して危険から逃れられないでしょう。とくに空気が少なく、密閉されたこのような空間ではね。故意なのか、偶然なのかはともかく、彼が菌の毒に感染したことは明らかです。やがて時間がたつにつれ、きみも見たように体全体が菌に覆われたのですよ。オビア（西インド諸島などの黒人の呪術信仰）というテーマは、ぼくが将来、打ち込んでみたい研究のひとつなんです」ロウが思案気に言った。「すでに、これに関係したアフリカ奥地への遠征を計画しています」

「それで、この恐ろしい代物をどうやって取り除けばいいのです？　ここを焼き払うのは、過激な暴挙にほかならないし」ナリプスが言った。

初めて知った奇妙な事実を熟考するのにのめり込んでいたロウは、ぼんやりと答えた。「そうは思いませんね」

ナリプスはそれ以上なにも言わなかった。数日後にロウがこの会話を思い出したのは、『ウェスト・コースト・アドバタイザー』に掲載された記事のコピーが郵便で送られてきたときだった。ナリプスの手書きであて名が書かれていて、次のような文章がさりげなく抜粋されていた。

〝昨夜、コナー・ロッジに住む、トーマス・ナリプス氏所有のコナー・オールド・ハウスが、残念なことに火災で消失した。この建物に関して、保険契約はまったくなされていないため、所有者の損失はかなりのものになると思われ、気の毒なことである〟

クロウズエッジの謎

The Story of Crowsedge

評判になることを徹底的に嫌うのは、フラックスマン・ロウのもっとも顕著な個性のひとつだ。そうでなければ、彼は間違いなくイラスト満載の雑誌インタビューを数多く受けて、世間にたくさんの話題を提供したことだろう。だが、彼の生活や仕事への態度は、その他大勢とは一線を画している。超然と孤高を貫き、本や、エジプトの財宝、怪奇じみた思い出の品に囲まれて暮らす少し変わった人物であり、過去へと深くのめり込み、世間の人々がこれまでのような話を介して注目はするもののわずかに一瞥するくらいの、巨大な謎の王国の境界線を大胆にも越えて、探索に身を投じるような男なのだ。

運動選手でもあり、エジプト学者、心霊研究家でもあるロウは、奇妙にもさまざまな面を合わせもつ存在で、第六王朝の超然とした精神的雰囲気を醸し出したかと思うと、次には敗北を認めることを恥としない、もっとも勇敢な相手に対して、単独で怖れ知らずの戦いを挑んだりする。だが、フラックスマン・ロウは負けることは我慢できない男で、彼の中では闘いの終わりというものはない。彼は、もっとも不可解で危険な心霊現象の解明に身を投じるのとまったく同じ精神で、手強い言語学的問題の解釈を追い求めるだろう。しかし、この控えめなイギリス紳士は、その個性の中に、向こう見ずな勇気を見せる摂政の血と、深い知識をもつ学者の血の両方を合わせもっていて、その優しげな笑みや必要とあらばどんな事件にも手をさしのべる、温情ある救いの精神があることは、友人の間ではよく知られていた。

次の話は、これまでのものとは違って、呪われた場所の謎にひとりで立ち向かうのではなく、ページをまたいである人物に登場してもらう。彼は高いレベルの知性をしっかり備えていて、幅広い知識、ロウとはまた違う確固たる意思の力をもち、それらをまったく別の目的で使う。

一八九三年の始め、カルマーケーン博士が初めてロウの人生に姿を現した。このふたりの間のやりとりがどういう経緯をたどったのか、詳しいことを説明するのはここではできないが、ひとつかふたつ、おもな事件の概略を簡単に述べるのは、まったくの場違いというわけでもないだろう。一八九三年一月まで、ロウはカルマーケーン博士のことはほとんど知らなかった。とてつもない能力の持ち主で、その研究は知識の深淵の中に深く分け入り、ロウが諦めてしまった探索へと突き進んでいるという事実以上のことは知らなかった。カルマーケーンは時折、町を訪ねて数日歩き回る習慣があることも知っていた。心霊系の会合にふらりと顔を出して、苦虫をかみつぶしたような顔でその成り行きに聞き入っていたかと思うと、パーベック半島の片田舎での隠遁生活にふいと戻ってしまう。

この偉大なふたりの好敵手の間のより親密なやりとりが始まるきっかけとなったのは、ロンドンの歩道に粉雪が薄く降り積もる冬の夜のことだった。三日の間、隅々まで吹きつける北風の前に黄灰色の雲がゆっくりと膨れあがって巻き上がっていた。すでに夜は更け、ロウはファシフェルン・コートの自分の部屋でひとり過ごしていた。すると、夜の戸外の過酷さをそのまま持ち込んできたようなひとりの紳士が現われた。

分厚い外套を脱ぎ捨てたその訪問者は、若く引き締まったいい体格をしていた。少しばかり伸ばしている髭から雪片をはらい、ロウと面と向かってきまり悪そうに立った。

「あなたがオックスフォードを卒業した年に入った一年生を覚えていますか？　名前はディミラン」

ロウは手を伸ばした。

「ああ、そうだったね」ロウは言った。「髪の毛のせいか、かなり印象が変わりますね。きみの従兄弟の部屋でよく会ったのを思い出しましたよ。もちろん、会えて本当に嬉しい。研究現場はどこかな？　まだ中国に？」

ロウは、今度はこの訪問者をじっくり観察する時間ができた。ディミランの目は落ち着きがなく、睡眠不足で疲れ切っているように見えた。

「ええ、最後に彼の消息を聞いたときには、黄河まで昆虫採集に行っていました」ディミランはおざなりに答えた。そして、ロウに黒い目を据えると言った。「ミスター・ロウ、今夜、ぼくはちゃんとした人間と秘密を共有しなくてはならない必要性に迫られて、ここまで飛んできました。カルマーケーン博士をご存知ですね？　がたいのがっしりした毛深い大男で、骨ばっていかにもぶかっこうな感じの人物です。強烈な印象の大きく長い鼻に、白髪交じりの髪は乱れ、髭もぼうぼうで、話すときに舌を巻くくせがあります」

「彼のことは多少は知ってますよ」

「ぼくほどは知らないでしょう。ぼくはこの半年、彼の家で過ごしていたんです。どうしてぼくが夜中の十時半にわざわざやってきて、あなたを煩わせなくてはならなかったのか、おそらくあなたにはわからないでしょう。でも――」

その間、ロウはディミランの望みにしっかり耳を傾けていた。ディミランが言葉を切ったとき、ロウは笑みを見せた。

「親愛なる、ディミランくん。カルマーケーンと半年一緒に過ごした男に同情の意を示すためなら、心地よい眠りの途中で起こされても喜んで起きるよ。さあ、きみのためにぼくになにができるか、言ってくれたまえ」

「ぼくは二十七週の間、彼と同じ屋根の下に暮らしていました」ディミランが続けた。「ぼくに言えるのは、当時、日に日に彼のことが嫌いになっていったということです。彼には謎めいたところがありましたが、話しても構わなければ、たっぷりお聞かせできますよ。あなたにこんな話をしに来たことを、あなたが我慢してくれるかどうか、実はびくびくしているんです。ぼくの話を聞いてくれとあなたに頼む権利はありませんからね。話の最後にあなたに笑い飛ばされるのではないかと恐怖を感じるほどです。でも、あなたはぼくが正気でいるための頼みの綱なんです。ロンドンには、ぼくの話を半分も聞かないうちに、精神科へ行けとアドバイスする者ばかりで、最後まで話すことができません。でも、きっとあなたなら、ぼくにはなにもおかしなところがないことをわかってくれるでしょう。この六週間はこれからあなたにお話ししようとしていることに悩まされていたのは認めますが、仕事のし過ぎということもありません」

「なんなりとすべて話してください。できるだけ公正に耳を傾けると約束しよう」ロウが言った。

「きみは確か、医学を勉強しているという認識でよかったかな？」

ディミランはうなずいた。

「スカリー奨学金を受けて、ヨーロッパじゅうの医学校を巡ることができました。聖マーサ病院の住み込み外科医をしています。要不要関係なくさまざまな試験にも合格しています。一年ほど前、自分のもっている知識を稼ぎに変えようと思い始めました。そこで、友人のひとりがぼくの希望を知って、カルマーケーン博士を紹介してくれたのです。タイミングよく、そのとき彼は、自分の研究をしばらく助けてくれる、ぼくのような資格をもつ助手を必要としていたんです。

カルマーケーン博士がぼくに示した条件は、非常にいいもので、ぼくは早々にその申し出を受け、六月に彼がひとりで暮らしているドーセットへやってきました。その住まいはクロウズエッジと呼ばれていて、広々したヒースの原野と、これまた延々と続く砂丘の間にあります。ここでカルマーケーンは、殺伐とした生活をしていて、頭のとろい半盲の老婆が、この田舎で彼が使用人として雇うことができた唯一の人間というありさまでした。ここでの彼の評判はひどいもので、重たい黄色い杖を振り回している彼の巨体を見かけると、地元の人たちは彼を避けようとわざわざまわり道するくらいです。彼の自己中心的で、気難しい習性が引き起こした数多くの逸話を話していたら、あなたは明け方まで寝る暇がないでしょう。でも、できるだけ早く、話の核心に入るつもりです。

カルマーケーンは実際、陰気で野蛮な気難し屋で、二十四時間中、十八時間は仕事をしています。彼の知識の広さはそれは途方もないほどですが、研究対象は彼の頭の中だけの秘密でした。その正確な本質を見抜いたことはないと言っていいでしょう。一度か二度、ぼくたちがやっていることの研究がどういう方向に向かっているのか、探りを入れてみたことがありますが、返ってきたのはむっとした表情とそっけない返事だけでした。ある時などついに、ぼくはただの雇われ使用人なのだから、ぼくが彼の研究を詮索してもその分の金など払わないとまで言われました。

あれは、カルマーケーンが青銅器時代の古墳の発掘に立ち会うため、ユトランド（デンマーク、ドイツ北部の半島）に出発する前の九月のことでした。彼が謝罪らしきことを言って、事を丸くおさめ、ぼくにここに残るよう頼んできました。その後、旅から戻ってくると、彼のぼくへの態度は一変しました。あらゆる研究にぼくが深入りすることを許し、ぼくが関わるのをはっきり拒絶したことまで、掘り下げるほどになったのです。彼は威圧的にぼくの手をつかんで、まるで殺さんばかりの勢いで、君臨するように笑って言いました。

〝きみは知識に対して真の愛をもつ人間だと信じている。だから、クリフォード教授（ウィリアム・キングドン・クリフォード、イギリスの数学者、哲学者）の、〝どんなときでも、どんな場所でも、どんな人にとっても、不十分な証拠に基づいて何かを信じることは、間違っている〟という言葉を思い出させてやらなくちゃいかん。きみとわたしは、ただ真実を探し求めているだけなのだよ、ディミランくん。だが、将来わたしはきみの感受性の強さを思い出すことだろう。きみの偏見は、ある種の知識が違法だとされた、中世の迷信の驚くべき名残りだと思うね〟。ぼくは、確かに違法な知識を得る方法はありますね、と答えてやりました」

ディミランは言葉を切ると、ハンカチで蒼ざめた唇を拭った。

「そのことについては、ぼくたちは、あいまいなテーマを孕むさまざまな調査を行っていました。いや、現在もやっています。もちろん、あなたもカルマーケーンの『心霊エネルギーの潜在力』という本をご存じでしょう。心霊エネルギーが精神状態によって、激しくなったり抑えられたりするという観点のテーマを扱ったものです。これが引き起こすかもしれないことは、想像がつくでしょう」

「その本はよく知っていますよ」

「どうか、十分起こりえる事実として、ぼくがあなたに話そうとしていることを考えてみてください」ディミランは続けた。「でも、自分自身の感覚の証拠なくして、このことに気づくことはできなかったでしょう。この会話の後で、カルマーケーンが徐々に、そして決定的にぼくのことを悪意をもって嫌いになっていったのに、それでも必死でそれを隠そうとしているのに気づくようになりました。で、話の核心にきました。ふたつの別々の、必ずしも関連があるとは限らない事実を話します。でも、両方ともカルマーケーンが奇妙な力をもっていることを証明する事実なのです。

クロウズエッジは、小さな四角い塔として建てられています。おそらく家そのものよりも遥かに古いものでしょう。塔の上の部分は、カルマーケーンが書斎として使っていて、下の部分は、じめじめしたむき出しの敷石が敷き詰められたスペースです。そこにある石造りの階段は狭く急で、書斎のあるフロアへと続く、くりぬかれたような空間を登って、細かく区切られたフロアに到達するようになっています。階段の片側は壁になっていますが、その反対側は手すりもなく、滑ったり転んだりしたら、下の敷石に真っ逆さまです。ある夜、ぼくの実験室にいたカルマーケーンは、ぼくに塔からいくつかの書類を取ってくるよう言いました。これまで、塔の書斎にひとりで入るのを許されたことはありませんでした。

ぼくは蝋燭を持って向かいました。ニッカーボッカーのスーツに、ブーツではなく普通の靴を履いていました。やっと目当ての書類を見つけたそのとき、古びた長方形の箱に気づきました。カルマーケーンがユトランドの古墳から持ち帰ったものです。それは床に置かれていましたが、蓋が開いていて中は空でした。ぼくが階段を降りて戻ろうとしたとき、不可解なことが起こりました。階段のステップの様子は先ほどお話ししたとおりで、右側はなにもない虚ろな壁、左側は手すりもない空中スペースで、ぼくは下から四メートルくらいのところまできていました。

誰かが動いたような音が聞こえた気がして、蝋燭を頭上に掲げて、下の四角い敷石の地面を覗き込みました。そのとき、突然、左の足首をつかまれて、床から足をもぎ取るように払いのけられたんです。そのはずみでぼくは下の敷石へ落っこちてしまいました。幸いなことに首の骨を折るのは避けられました。とっさに両手を伸ばして頭を守り、無意識に肩で受けていたようで、激しい衝撃を受けただけで済みました。でも、ミスター・ロウ、あのような位置で、ぼくの体に手を伸ばせる人間など誰もいないと断言できます」

「カルマーケーンは、このことについてどう言っていますか?」ロウは訊いた。

「彼はぼくがなんらかの原因で滑っただけだろうと言うのです。その説明を受け入れられたら、どんなに気が楽か。でも、これを見てください」ディミランはソックスを下げた。「彼にこれは見せませんでした」

足首のところに、打撲の傷の外側にはっきりと親指とほかの指の跡が残っていた。

「これについて、あなたならひとつの特徴に気づきませんか?」ディミランが言った。「つかまれたのはわずかな瞬間だけだったのに、小さな手の跡がはっきり残っているのがわかるでしょう。指は細いのに、とてつもない力であったことがわかるはずです」

「ほかになにか事件はありましたか」

「翌日、ぼくはいつものように仕事でしたが、よく眠れませんでした。つかまれた手の恐怖が消えなくて。それ以上のものはなにも証明できないとしても、それから、異様な偶然が続きました。申し上げたように、カルマーケーンの書斎に単独で入ったことはありません。階段から落ちた直前に入ったあのときだけです。ある午後、カルマーケーンはヒースの原野を歩き回る長い散歩に出かけていました。ぼくはメモをとりながら、行き詰まっていました。カルマーケーンが午前中に自分の研究としてやっていた、錬金術に関する古い学術論文から、なんとか道を打開したいと思ったのですが、しばらくためらっていました。午後まだ早い時間で、カルマーケーンが一度はぼくをあの塔へ送ったことを思い出して、書斎のドアが開いているかどうか、確かめに行くことにしました。鍵がかかっていないのなら、ぼくがあそこに入るのにカルマーケーンが反対していないということだろうと解釈しました。

ぼくは塔に続く道を歩き、例の階段を上がりました。ドアの取っ手を回すと簡単に開いたので、中へ入りました。目当ての論文はすぐに見つかりました。それはテーブルの端に置いてあり、その手前にこの前見た箱がありました。ぼくは箱の向こうの本を取ろうとして、箱の中にあるものに気づき、驚きました。

箱の中には……人間の手、前腕の一部があったのです。その大きさから、女性の手と思われました。色は茶色く、肌が荒れていて、手首には青銅のブレスレットをしていました。それは、片側が開いたリング状のブレスレットで、青銅器時代の特徴的な直線と曲線のラインを組み合わせた装飾が施されていました。クロウズエッジは、カルマーケーンがやっているような研究には欠くことのできない風変わりな品でいっぱいなので、人間の体の一部などがあっても、特に珍しいことではありません。

でも、そこに置かれているこの手にはなにかがありました。変色した布についている赤茶色のものが、この手の持ち主がたどった恐ろしい人生を暗示していました。手の甲を下にして指を半ば曲げた状態で置かれ、筋肉や皮膚が骨の上にしっかりと浮き上がっているのがわかりました。切断面はひきつれたように渇いていて、この手が体から離れたのは最近のことではないのがわかります。こうした詳細をつぶさにお話しすることができます。そして、ふと好奇心から、ぼくはこの手に触ってみました。誓って言いますが、それは温かかったのです！

これだけは言えます。手と腕はあらゆる点で、まるで生きている人間のそれそのものでした。ぼくはその腕の上に身を屈めていましたが、そのとき後ろから音が聞こえました。振り向くと、カルマーケーンが悪魔のような形相でぼくを睨みつけていました。「ここでなにをしている？」彼は吠えるように言いました。ぼくは手を調べていたのだと答えました。彼は箱の蓋を素早く閉めてしまいました。そして、不気味な笑みを浮かべて言いました。〝あの切断された手にはいわくがあるんだ。あれは、多くの男の命を奪った。誰も知らないがね〟と。

こうした小さな事件があってから、ぼくは心に決めました。数日、町に出てきたのですが、今夜いてもたってもいられなくなって、クロウズエッジに戻る前に、あなたにすべてを話そうとやってきたのです」

ロウはしばらく黙っていたが、やがて訊ねた。

「とても奇妙な話だが、これは真実ではないと言わなくてはならないのは残念ですな。つまり、簡単に言うと、きみはカルマーケーン博士が装飾品をつけた手を持っていて、そこに施されている文様から、それが青銅器時代の大昔の男か女のものだと考えた。そして、この人間の残骸が命を与えられていると、ぼくに思わせたいわけだね。さらに特定の事実をまとめて、きみはカルマーケーンが自分の目的のためにこの手を使うことができると思いたいわけですね？」

ディミランは、両手の中に顔をうずめながらロウの言うことを聞いていた。ロウが話すのをやめると、顔を上げて答えた。

「ずいぶんとぶしつけな容赦ない言い方ですね。最悪の狂気以外のなにものでもないと言っているように聞こえます」ディミランは失望して言った。「でもぼくは、今のところまったくの正気ですよ。自分のこの目でこれらのことを見たのです。カルマーケーンの研究はよく知っていますが、彼のオカルト手法には精通していません。彼は通常の知識を超えるとてつもない力をもっています。ほかの誰よりも、比べものにならないほど多くのことを知っています。それに、可能性を超えたものについて、例えば、催眠術、暗示、潜在意識の中の痕跡などについて、なにか言える人が現在ほかにいるでしょうか？　こうしたことは科学的な用語で十分に説明できるはずの、我々能力以上のものではないでしょうか？」

「確かにこれはすべて事実でしょう」ロウも認めた。「でも、現実的な面となると、なにをしようというのですか？」

ディミランは立ち上がった。暗い顔には決意が見えた。

「真夜中の列車で、戻ります。自分で事件の真相を探ることにしましたから。事の次第はあなたにお話ししたとおりですので、ぼくが戻らなかった場合にどうするかは、おわかりですね。今日は火曜日ですから、日曜までにここに帰ってこなかったら、ぼくは死んだということになります」

「きみがカルマーケーンのことをそのような男だと思い込んでいるなら、単独で立ち向かうのは賢明とは思えないね」

「どうも。でもぼくはこの件を最後までやり通すと決めました。辛抱強くぼくの話を聞いてくださって、お礼を申し上げます。それにぼくのことを信じてくださっているらしいことも感謝します。もしぼくが死ぬことになっても、きっとあなたがなんらかの方法でカルマーケーンの犯した罪だと立証してくれると、大いに確信がもてます。ぼくは、彼の力はオカルト的手段の結果だと思っています。もっと的確な用語が必要なら、黒魔術の部類に入るかもしれません」ディミランは言葉を切ると、皮肉そうに唇を歪めて笑った。「黒魔術！　数ヶ月前なら、今みたいな意見を言った奴らは皆、ぼく自身が精神病院へ送ったはずだけどな」

「因習にとらわれた耳には、きみの話は確かに疑わしく聞こえますよ」ロウが言った。「確かにそうかもしれないが、どこからその力を引き出しているにしても、カルマーケーンの力が危険だという事実は残る。きみはまだクロウズエッジに戻る気持ちに変わりはないのだね？　それでは、さようなら」

クロウズエッジは、ポートランドの石でできた四角柱の塔として建てられた、地味な寂れた家だ。幹線道路から分かれた荒れた道が家まで延びているが、数マイル以上も寂しいヒースの原野が続き、沼地や歩道の上に植物がはびこる低地を通り、針金のようなヘザーが深く生い茂るアップダウンのある荒野を横切る。うねる道を進んでいくうちに、ますます外の世界から切り離されて、絶望的な気分になっていくようなところだ。この荒野のはずれの海に一番近いところに、カルマーケーンの家が、なにもない海岸に座礁した難波船のようにぽつんと建っているのが見えた。少なくとも、ロウを訪ねた翌朝、ヒースの原野を越えて歩いて向かったとき、ディミランにはそう思えた。塔の向こうには、荒れた砂丘が迫っていて、そのさらに向こうに、ディミランも知っているように、浅瀬や水たまりがずっと続いている。

前よりもずっと孤独感が強くなり、ディミランは思わず幹線道路のほうを振り返った。白く曲がりくねった歩いてきた道が遥か向こうのほうに見えるかのようで、誰か人が近づいてきて助けてくれれば、これから待ち受ける得体の知れない危険に対峙する、新たな勇気を与えてくれるかもしれないという気がした。だが、道路は後方の乾いたヒースの低い尾根の向こうへ沈んで消え、すでに見えなくなっていた。ディミランは一瞬、足を止めた。やはり、いったんは逃れた危険という試練を、またしてもわざわざ受けにいくのは愚かなことなのではないか？　自分はそれほど浅はかではないのでは？　だが、実際体験し、この目で見た、説明のつかない邪悪なものの足元に戻ろうという決心に立ち戻った。ディミランは頑固な家系で、片親からユグノーの血を、もう一方の親からアルスターのエネルギーを受け継いでいた。カバンをしっかり抱えると、歩き続けた。

カルマーケーンは、いつものようにぶっきらぼうな声で、ディミランを迎え、濃い眉毛の下の探るような目で長いことじっと見つめた。

すぐにディミランは、もともとの契約が終了することになっていた日である次の土曜日に、クロウズエッジを永遠に去る意思をほのめかした。

「きみの好きなようにするといい」カルマーケーンは言った。「わたしは、もうきみの実験には用はないから」

水曜日、木曜日、金曜日は、決して邪魔するなと激しい口調で短い注文をつけて、カルマーケーンはずっと書斎に閉じこもっていた。土曜日の朝、ディミランが朝食のために下へ降りると、テーブルに手紙が置いてあるのに気がついた。中にはこれまでの働きに対してかなりの額の小切手が入っていた。そして、ロンドンに行かなくてはならず、ディミランが出て行くまでには戻れないだろうという手紙が添えてあった。あの切断された手については、結局なんの説明もないままなので、これは残念なことだった。カルマーケーンが戻るのを待つしかなかった。

ディミランはロウに電報を打ち、その日は荷造りをして出発に備えた。翌朝、なんとも不可解な憂鬱な気分に苛まれて目が覚めた。時間がたつにつれ、どんよりした気分はさらに重くなり、午後遅く、ディミランは自分の部屋に上がって火を起こし、下の陰気な居間よりもそこで夜を過ごそうと準備した。窓辺にしばらくたたずむと、遠く彼方までどこまでもうねって続く荒地を眺めることができる。べつの砂丘や渇いた海草や、遠くの赤や紫がかった光で南へ向かう塩沢までがはっきりわかる。その光が消えると、海から濃い霧が上がってきて、すべてをぼんやりと覆い隠して見えなくし、ディミランがいる窓の近くまで波が打ち寄せるばかりだった。

八時になると、ディミランは下の食堂へ行き、用意されていた冷菜を見つけた。つまり、今夜は耳の聞こえない家政婦が所用かなにかでクロウズエッジにいないということだ。食事をしながらディミランは、カルマーケーンの書斎のドアが、ちゃんと施錠されているかどうか確認してこなければならない気がしてきた。慎重に慎重を重ねて、石の階段を踏みしめて昇り、ドアノブを回すと、ちゃんと閉まっていた。ほっとして再び階段を降り、自分の部屋へ戻った。

ディミランは火のそばで、『ランセット』誌（英国の医学専門誌）を読みながらうとうとしていた。やがて、雑誌をソファの上に投げ出して石炭の鈍い炎を見つめながら、原因不明の自分の鬱状態をなんとか解消しようとしたが、だめだった。自分の部屋には、大学時代の写真がいくつか飾ってあり、ひとつひとつに目をやっているうちに、時計の針が真夜中に近づいていた。すると、外の廊下の床をブーツがこするような音が聞こえてきた。ディミランはドアのところへ行って、外をのぞいてみたが、なにも見えないし、それきり音も聞こえない。

もう雑誌に集中する気もしなかったので、ディミランは服のままベッドの上に横になった。すると急に、眠気が襲ってきた。その後の出来事から判断すると、数時間は眠っていたに違いなかった。だが、眠っている間ずっと、ドアがノックされる音を聞いていたような気がした。深い倦怠の深淵から何度も何度も、もう少しで目覚めるところまで引き戻され、ずっと漠然とした不安感を意識していた。ついに無理やり眠りを引きはがすようにして起き、ベッドから飛び降りて、暖炉の火に薪を加えようとした。少し震えながら火の上に屈み、また雑誌に集中しようとした。だがだめだった。目に入って来る文字は脳になんの意味も伝えず、耳は家の中の不明瞭でかすかな音をとらえようとしていた。

どうしたわけか、暖炉の火が小さくなり、大きくしようとしてもくすぶるばかりだった。ディミランは部屋の中を歩き回り、解明しようと決意している奇妙な事件についてあれこれ思いを巡らせた。だがその間も、恐怖がどんどん大きくなり、ついには足を止めて耳をそばだてた。心臓が、飛び出しそうになるほど狂ったように騒いでいる。誰かがドアノブをゆっくり回しているのだ！　ディミランはテーブルの端に腰を下ろした。沈黙の中、たまった水滴が庇から広い窓の敷居にゆっくりとしたたる音が聞こえる。それから別の音が聞こえてきた。あたりをはばかるように、指の関節で二度ドアをたたく音。

「そこにいるのは誰だ？」ディミランが張り詰めた声で叫んだ。

答えはない。だが再びノックが二回。遠慮がちな叩き方だったが、今度はもっと大きな音だった。その音の繰り返しで、ディミランの逆立った神経が逆に落ち着いた。大いに自分を恥じつつ、ついに立ち上がり、ドアを開けて誰がいるのか確かめようとした。ランプが明るく燃える中、音もなくさっと部屋を横切って、勢いよくドアを開けた。

だが、目の前にあるのは廊下の虚ろな暗闇だけだった。だが、その瞬間、ディミランは顎に激しい一発をくらった。その勢いで後ろによろめいて、壁まで下がった。息ができず、めまいがした。あたりがぐるぐる回り、そのうち落ち着いたが、なにかが彼を壁に押しつけたまま喉を絞めつけてきて、その力がどんどん強くなっていく。ディミランはやみくもに手を振り回し、襲撃者を引き離そうともがいたが、手がつかむのは虚空ばかり。だが、それがなんであるかがわかると、自分の喉をつかんで、生き延びようと激しく抵抗した。

まるで鉄のように固く細い指をねじり取ろうと奮闘した。窒息死するという恐ろしい重圧に、頭も胸も今にも爆発しそうだった。そのとき、笑い声が、高らかに反響するような笑い声が、開いたドアから、無人の家の中に響きわたった。すると突然、首を絞めていたその手の力が抜け、敵から逃れたイタチのように下に落ちた。必死で抵抗していたディミランは、肺に深く息を吸い込んだ。

やっと我に返ると、ディミランは足元に落ちているそれを見た。それは青銅のブレスレットだった。見覚えのある曲線やラインの装飾が施されている。ディミランは笑い声を思い出した。カルマーケーンが戻ってきていたのだ。

ディミランは気を落ち着け、デスクに座って長い手紙を書くのに没頭した。書き終えると、何枚にもなった用紙を封筒に入れて、フラックスマン・ロウ宛てにし、それを机の中にしまい込んだ。

その手紙を締めくくる言葉を、ここで披露しておくのがいいだろう。ここから、前述の話の大部分がわかるからだ。ロウと別れてから起こった一連の出来事を、事細かに書き記してから、ディミランはこう結んでいる。

そして、今、ぼくは自分の前に、ひとつの道が開けているのが見えるだけです。ぼくには、あるひとつのやるべき義務があり、言わせてもらえば、人類全体にもその義務があると言えます。おそらく、あなた以外は誰も、ぼくのこんな驚くべき話を信じてくれる可能性のある人はいないでしょう。それでも、これは真実なのは確かです。だから、ぼくはここに書いたことを突きつけて、カルマーケーンに圧力をかけるのが唯一の手段だと思っています。彼からどのような答えが返ってくるかはわかりませんが、自分の固い決意であれこれ繰り返しやってみるだけです。彼の悪魔のような計画、と言うのが適切だと思いますが、それを阻止するつもりです。この事件で、あなたがぼくに示してくださった、あらゆる配慮に深く感謝します。

敬具

G・ディミラン

それから、ディミランは立ち上がると、武器になるものを探したが、地質学者の重たいハンマーくらいしか見つからなかった。それをひったくると、がらんとした部屋を抜けて、足音を響かせながら、塔へと向かった。上の書斎からは、明かりがもれていた。ディミランは階段を上がると、ドアを開けた。

部屋にはぼんやりと明かりが灯っていた。背もたれの高い椅子に当の本人が座っていて、髭に手をやって、歯の間に黒い葉巻の吸いさしをくわえていた。ディミランはドアの鍵をかけると、実験機器などで散らかっている中、テーブルの反対側へつかつかと歩いていった。

「なにか用かな?」カルマーケーンは、大儀そうにゆっくりと言った。髭だらけのその顔がひどく青ざめているのに気づく余裕がディミランにはあった。「さっき、あなたがドアを開けようとした音が聞こえました。ぼくは、礼儀正しい紳士なら、もっとまっとうなふるまいをするものと思っていましたよ」ディミランは軽蔑するように言った。

「あなたはロンドンへ行ったと思っていました」

カルマーケーンは、バカにしたように太い眉を上げた。

「もちろんそうだが、たまたま、一日中ここで仕事をしていたのだよ。それで、用はなんなのかね?」

「あの悪魔の手はどこです?」ディミランはずばりと訊いた。「あなたは二度までも、あの手を使って、ぼくを殺そうとした。あれを破壊しない限り、あなたはこの部屋から出ることはできませんよ」

カルマーケーンが立ち上がった。そのがっしりした体はまさにそびえたつようだ。

「なにを強がりをほざいている! きみになにができる? わたしがきみを殺そうとしたのは確かだが、それは単なる実験の一環だ。だが、おまえがひとつかふたつ質問に答えるなら、解放してやろう。あの手については、あれをわたしが破壊するところを見ることができるぞ。もはや、わたしにとってなんの役にも立たないからな」

そう言いながら、カルマーケーンは箱から例の手を取り出すと、金属の器に入れてその上に白い液体を注いだ。すると、ディミランの目の前で、茶色の指が縮んで激しく痙攣し、酸の作用でその皮膚がめくれて蒸気を上げ始めた。ものの数分で、黒ずんだどろどろしたもの以外、跡形もなくなってしまった。これはまた、ディミランがまったく見たこともない装置につながっている、吹管の吸引口に吸い込まれた。この機能は効率的で、器からは塵が一瞬舞い上がっただけで、その表面は完全にきれいになっていた。

「ディミラン、きみに消えてもらおうと思ったら」カルマーケーンは残忍な面持ちで言った。「ご覧のように、いつでも自由に使える手段がわたしにはあるのだよ。昨日は、そのプロセスはわたしのエネルギー設備の一部だったが、今日はもう必要ない。すべてのエネルギーは、物理的世界と同様、精神世界でもその意思を有効にできる方法を知っている男の心の中にあるのだからね」

ディミランは背筋が凍り、身震いした。この科学者は、いまだにディミランの中で圧倒的な強さを誇っていた。

「教えてほしい」ディミランは言った。「あの手は――」

「裏切りを忘れるほど、完全だったあの小さな手が、いつ、どのようにして、大昔の悲劇の中で切り落とされたのか、わたしに話せと言っているのか？　だめだ、ディミラン。今夜はそれを信じるかもしれないが、明日はきっときみ自身の感覚で、その証拠を疑い始めるだろう。もう行け！」

ディミランが部屋のドアを閉める前、最後に見たカルマーケーンの姿は、鏡に映った髭だらけの蒼白な顔だった。

「手を支配した彼の力について説明できますか?」次の日の午後、ディミランはフラックスマン・ロウに訊いていた。

「その件について」ロウは答えた。「仮説以上のことはなにも言えないね。よく降霊会で盛んに行われる、固体を移動させる現象はきみも知っているでしょう。ああした力やそのやり方の作用は、知ってのとおり、まだ解明されていない。カルマーケーンの頭脳の力を考えたとき、彼が心霊的秘術を身につけるのに過ごした年月、チベットやあらゆるところへ広く旅をしていること、ぼくがそれとなくほのめかしてきたように、そのような根拠から端を発していると思わざるをえない。彼は一歩一歩前に進み、きみをもう少しで亡き者にするほどの、異常な力をもつところまで到達してしまった。きみが言っていたぐったりした蒼白な顔は、ぼくの推測の可能性を裏づけるのに役立つでしょう」

「そうかもしれませんが、それならどうして手を破壊してしまったのでしょう?」ディミランが訊いた。

「きみの脅しに影響されたか、彼が自分で言ったように、彼にとって無用になったからでしょう。彼はさらに上の知識の高みに進んでいたのだから」

「彼に説明させることはまったくできないのでしょうか?」

ロウは首を振った。「現時点ではだめでしょうね。いつかは、カルマーケーン博士の多くの問題を、もっと掘り下げて調べられるかもしれないが」

フラックスマン・ロウの事件

The Story of Mr. Fraxman Low

フラックスマン・ロウと、先に登場したカルマーケーン博士の異様なやりとりは、ときにマスコミの多くの話題の中心となっていた。これが、この話をここで語る理由の一部で、多くの論争を引き起こしている経緯を、初めて本当に説明したものと言えるかもしれない。

フラックスマン・ロウが、事件の注目すべき終止符をうつ責任を担う人物だとして、盛んにあれこれ言われていた。

これからのページで説明しようとしている事実を、ロウが慎重に精査しているときに、読者が判断を下すのは問題だ。前の章で、ロウがカルマーケーン博士の奇妙な影響に直接向き合うことになったのは説明した。これは、当時、カルマーケーンの助手を務めていた若い医師、ジェラルド・ディミランの案件だったが、そうした状況の中、カルマーケーンが殺人を犯そうとしたため、ロウはこの最大の敵がとてつもない力を得たことを確信した。

それは、一月の末のこと。フラックスマン・ロウは、英米心霊研究学生協会の特別会合に出席していた。ここで彼は、古代エジプト人の観点から、魂の三つの面に関するすばらしい論文を読み上げた。聴衆の中に、その乱れた髪に後光がさすほどの威厳をもった、高名なカルマーケーン博士の姿があった。

会合の後で、ロウは自分の部屋へ帰ったが、その五分後、カルマーケーンの訪問を受けた。気難しく孤独を好むこの訪問者の気質を知っていたので、このようなあからさまな訪問にロウはとても驚いた。この会見は、一連の怪事などの最初の出来事で、ロウとこの手強く容赦ない男を直接つないだものであることがわかっていている。おそらく、カルマーケーンには、早い時期にロウが彼の路線に入り込む余地はなく、これから披露されようとしている会見が、状況を危機的なものにするだけだということがはっきりわかっていた。しかし、たとえそうだとしても、我々はカルマーケーンからロウに示された異様な提案の最初の手がかりをにおわすよう、まずは話を進めなくてはならないが、のちに示すように、説明する言葉の範囲内である限り、そこから生じる状況は異様なことばかりだ。

カルマーケーンは、帽子と外套を脱がずに大股で入ってきた。前屈みの不気味なその姿のせいで、部屋が狭く見えるほどだった。彼はロウにわずかに会釈すると、まるで周囲のものに助けを借りるかのようにゆっくりとあたりを見回し、ロウの人格を見抜こうとした。その間、ロウは、カルマーケーンはディミランが言っていたとおりの男なのに気がついた。〝がたいのがっしりした毛深い大男で、骨ばっていかにもぶかっこうな感じの人物です。強烈な印象の大きく長い鼻に、白髪交じりの髪は乱れ、髭もぼうぼうで、話すときに舌を巻くくせがあります〟

カルマーケーンはロウのほうを振り向いて、毛深い大きな手を自分の髭にもっていった。

「わたしがここに来たのは、今日の午後のきみの論文にとても興味をもったからだよ。きみは、これまでほとんど誰も達しえなかった地点に到達している。ところで、きみは年はいくつかね？」

ロウは驚きつつ、答えた。

「ほほう」カルマーケーンは言った。「わたしはきみよりも十五も年上だ。我々が献身的に取り組むことを選んだ特殊な知識の分野において、きみよりもわたしのほうが、かなり先んじていると言っていいかもしれない。この会話を盗み聞きされていないことは確かだろうね？　きみに提案したいことがあるのだ。きみの注意深い考察にアドバイスをさせてくれたまえ」

ロウは相応の答えを返し、カルマーケーンは続けた。

「わたしがここに来たのは、きみの研究分野において、今、きみが自分の立ち位置がわかっている正確な地点で一線を引いて、それ以上先に行くなと警告するためだよ」

「その理由を訊いても？」

「きみはかなり高い知性を持っている。同時に強さと勇猛さも兼ね備えている。こうした特質は、今きみがいるその場所に留まる限りは、きみを安全にしてくれるかもしれないが、その場所を一歩でも踏み出せば、状況は変わってくるということだ」

「あなたのおっしゃることが理解できないふりをしているわけではありませんが」ロウが言った。「すべての知識は、正当な目的に適用された場合のみ、善になるのですよ」

カルマーケーンがいきなり遮った。「我々は、自分の動機を示すためにこのテーマを選ぶかもしれないが、すべての人間の究極の目的は、個人の力を守ることなのだ！　きみは力の最大の秘密を学んだら、自分の究極の目的を守るためにその力を使わないと自分ではっきり言えるかね？いいかね。わたしがこれからきみに言おうとしていることについて、なにも公にしないと言って欲しい。そうすれば、一緒にうまくやっていけることは間違いない」

そして、平凡ではあるが重大な意味を孕んだ言葉で、彼が生涯をかけて苦労した研究の最終的かつ計り知れない結果を、特定の条件でロウとシェアしようという提案が続いた。ロウは相手が暴力的に言い放つ厳しい言葉をじっと聞いていたが、こうした言い方をするカルマーケーンの言い分の一部を聞いただけで、あえてはっきりと拒絶して、相手を黙らせた。

カルマケーンはイラついたように髭をねじった。

「まあ、しばらく考えてみてくれたまえ。今、きみがわたしの申し出を断っても、天国も地獄もきみを助けてはくれんよ」

「もう心は決まっていますから」ロウが答えた。

「ディミランの仕業だな！」カルマーケーンは激怒した。「いいか、言っておくぞ——」

「これ以上この会見を続けても、我々どちらとも、得るものはないと思いますよ。もっとも脅しのきかない相手とやりとりしているのが、身にしみておわかりになるかもしれませんね。それに、ぼくのほうからも、申し上げてもいいでしょうか？　カルマーケーン博士、人間の知識には限りがないように見えますが、肉体と魂が常に互いに依存しあっている限り、人間の力は限界と隣り合わせであるということを、あなたはお忘れのようだ」

カルマンケーンは、踵を返してドアのほうへ向かった。

「わたしがここへ来たのは、きみのためにほかならない。今なら、まだきみのためになる」カルマンケーンはうなるように言った。「二度と警告しないがね」

一日か二日は、ロウはカルマンケーンの奇妙な訪問のことをすっかり忘れていた。先の会合で読んだ論文によって提起された分野の、さらに難解で興味深い研究に没頭していたからだ。しかし、二週間の間に、厄介な精神状態が新たに次第につきまとうようになってきたことにロウは気づいた。長い時間、研究に没頭するにあたって、深刻な妨げになるほどだった。

その根源が心にあるものなのか、体にあるものなのか、特定するのは難しかった。ロウが最初に異変を意識するようになったのは、いつもは午後十時から午前二時の間にやっている仕事量が目に見えてはかどらなくなってきて、その間に作ったメモがたいして価値のないものなのに気づいたせいだ。一日か二日の間は、読書中に居眠りしてしまったせいで通常の結果が出なかったに違いないとロウは考えた。次の段階になると、さっき言ったロウの仕事時間以外は、仕事量もその質もいつもと変わらないことがわかった。これは、一定の間隔で起こる心の空白時になんらかの攻撃を受けている証拠なので、ロウはこの空白時間に注目して観察することにした。

そして、一月三十日の夜、ロウはいつものように自分の前に本を置いて、待った。ほぼ真夜中ぴったりに、ロウは圧倒的な気分の落ち込みにとらわれた。この気分は次第に怒りを孕んだ狂気に発展し、なにか未知の悪いことばかりぐずぐずと考え、救いようのない絶望的な気持ちに苛まれた。しかしこの状態は、次の瞬間にはいつの間にか消え去り、時計が三時を告げたとき、ロウはいつものように読書をしているのにはっと気がついた。そして、座って仕事を始めたときに、やろうと思っていたことをしっかりと思い出した。だがどう考えても、なにかが介入してきた時間の大部分は、すっきりしないぼんやりした記憶しかなかった。

時がたつにつれ、この介入は頻繁に起こるようになった。仕事に打ち込もうとすればするほど、その成果があがらないように思えた。ものを書こうとしても文字が形をなさなくなり、みみずがのたくったようなわけのわからないものになってしまう。これまでやっていたような緻密な研究が思うようにできなくなり、半分崩れたプトレマイオスの碑文に関する細かく込み入った仕事に関わっていると、ロウはますますそう感じるようになった。

最初、ロウはこのおかしなつまづきは体の具合のせいだと信じようとしたが、やがて、未知の思考が自分の思考に重なってきて、意識のない間に重圧をかけてきていることが次第に明らかになった。つまり、ロウが本来の研究に集中できないのは、どういうわけか、ほかの思考にかまけてしまっているからだった。だが、ロウは極めて普遍的な概念の持ち主だ。ほかの思考とは、いったいなんなのだろうか。ロウの頭は、彼の本来の思考をかわす記憶でいっぱいになっていた。その記憶は、漠然としていていてひどく不吉なもので、どこか壊滅的な運命に対して、抵抗している感覚があったが、それは絶望的といってよかった。だが、すべてはぼんやりと曖昧で、なんなのかはっきり言うことができない。

ロウがしっかり自分をコントロールし、思考を追うことができる時間以外の状態は、彼自身を脅かした。何度もロウは、とてつもない意思の力でこの謎めいた不安定な状態を振り払って解消した。十日余りの間、ロウの精神状態は、こうした緊迫した抵抗の元にあって、しまいには肉体も消耗してきた。ロウは多大な苦労をして、精神的インキュバスを退けたのだ。

しかし、こうした経験が際立って続くうちに、さらにべつの局面が迫ってきた。ある夜、クラブから歩いて家に帰ってきたとき、ロウは後をつけられている気がした。振り返ってみても、遠くの角に警官がひとりいるだけで、寂しい通りには誰もいない。つけてくる者の足音が自分のそれにぴたりと合っているのに気づいていた。ほんの一瞬早く、足を止めたら、足音がずれて聞こえるに違いない。ロウは足を速め、自分の部屋のドアを閉めて、安堵のため息をもらした。そのときでさえ、こんなことはばかばかしく無益だという思いがした。しばらくしてオーバーコートを脱いで腰を下ろし、今の体験については考えないようにして、すぐに仕事にとりかかった。

それは、本を読んでいるときだったとロウは確信している。ふと振り返って、肩越しにのぞきこんできた顔をとらえようとしたが、ロウのほうが遅かった。こんなことが何度か起こった。

まもなく、忍び寄ってくるものの存在が絶えずつきまとい、徐々に耐えられなくなってきた。昼も夜も、ロウはひとりではなかった。べつの知性が、ロウの知性を圧倒してくるという意識から逃れることができない。ついにはその知性が徐々にロウの思考力にとって変わろうとして、ロウの脳から独立した思考力をすべて吸い取り、それを奇妙でいわく言い難い思考のためだけに利用しようとしているかのようだった。

ロウは、自分のものではない不可解な思考の暴挙から抜け出そうと、絶え間なく抵抗したが、それは力ないあがきにすぎず、この憎むべき存在の思考は、どこまでもつきまとって離れようとしない。ロウにはわかっていた。上を見上げたり、後ろを振り返ったり、向きを変えたり、足を止めたりするのを、ほんのわずかに速くすれば、つきまとってくるそいつの姿が見え、音が聞こえ、感じることができることが。だが、いつもロウはほんのわずかに遅かった。今となって思えば、触れることのできないこの相手に、何度も死の淵まで追い込まれ、間一髪で免れたことがわかる。読者が一瞬でもロウの立場になってみて、頑固に肉体も精神も滅ぼそうとしてくる知性にとりつかれることを想像してみたら、ごく普通の状態でも危険に満ちている人生がどれほどひどいものか、すぐにわかるだろう。

長い二月の夜の間、ロウはとてつもなく強固な意思で、この不可解な影響をうち負かす決意を固め、もがきながら待ち続けた。

そんなとき、突然明るい兆しが見えてきた。ロウは空気と状況を変えるために、一週間ほどパリに行くことに決めた。太陽が昇り、活動している間は、自分の体験を物理的な要因のせいにするきらいがまだあったからだ。パリでは多少気分が良くなり、最近のこの問題を忘れ、頻繁に出かけて、M・ティエリーなど多くの友人とも会った。そして、目下の問題に対処するのに万端の状態を整えて、ロンドンに戻ってきた。

ロウは新たな活力を取り戻して、遅れていた仕事にとりかかり、力が回復してきた感覚を喜んだ。ある晩、ロウは本や書類をきちんと並べ、手強くて時間のかかるひと仕事をするときにいつも行う、もうひとつの手はずを整えた。頭上の棚にパイプをずらりと並べて準備しておくのが、ロウの習慣だった。やろうとしている仕事量によって、パイプを割り当てるのだ。エジプトの伝承を掘り下げるときは、傍らに置いたパイプからパイプへと指を巡らせ、灰皿には黒い葉の滓や灰が山のようになった。このときも、ロウはいつものように仕事をし、パイプを吸っていた。

真夜中をだいぶ過ぎた頃だった。通りには人影もなく、たまに馬車がふらりと通り過ぎるくらいだった。突然、ロウにとってこの静けさが、ひどくぞっとするものに思えた。ロウは立ち上がって、重苦しい気分で窓から外をのぞいた。だが、なぜ椅子から立ち上がったのか、思い出すことができなかった。クラブから帰って来てからの数時間、仕事ではなく、はっきり思い出せない、わけのわからない夢ばかりみていたような気がした。つきまとってくるあの存在が戻ってきたのがわかった。これほど、その存在をもろに近くに感じ、身震いするほどの嫌悪感を覚えたことはなかった。今夜は、この見えない相手に触れることができるような感じさえした。自分の人格が失われるのではないかという、戸惑うほどの感覚が迫ってきて、謎めいた存在がより近づいて、脳の活発な働きを奪い、遠くの見えない理解不能な悪へと引きずりこもうとしている気がした。

人混みの中をかきわけて進むように、両腕を前に突き出し、急いでデスクに戻ったのを、ロウは覚えている。あたりには胸が悪くなるようなにおいが漂っていた。それはロウが知っているにおいだったが、はっきりこれと言えなかった。ロウはまたパイプに火をつけ――記憶ある限り六回目だった――座って仕事をした。その後の記憶は、ときどき途切れるようになった。また、べつのパイプに火をつけ、夢とも思考ともつかぬ状態に包み込まれた。眠気と戦いながら椅子の背に寄りかかると、嫌悪や絶望でいっぱいの目が、ロウの黒い瞳をのぞきこんできた。その目は漠然として、長くぼんやりした不幸な考えの意味と記憶をはらんでいた。ロウは自分が、相手がかぶっている奇妙な円錐形の帽子のことを考えているのに気づいた。それはウールのような素材でできていて、先端に結び目がついている短い紐のようなものでみっしりと覆われていた。強烈な憎しみに満ちた陰のある目が、再びロウの視線をとらえた。

翌日の午後遅く、ロウは目覚めて、寝室の天井を見つめていた。上を見上げると天井が沈んで、こちらに落ちてくるように思えた。ひどい無力感がロウを襲い、それは時計が五時を知らせるまで続いた。記憶が逆行し始め、ロウは十五時間も眠っていたに違いないと思った。今また、あの悪意に満ち満ちた目が戻ってきた。黒い指がロウの額を撫で、ロウの脳は揺れ、よろめきながら眠りへと引き込まれていった。

いくつかの考えが結びつき、ロウはなにげなく自分の手を見下ろした。右の人差し指に茶色のしみがついていている。目の前でもっとよく見ようとすると、昨夜、体験したのと同じかすかな悪臭に気づいた。ロウの頭は遅々としてなかなか働かなかったが、やっとのことである解釈に達し、よろよろとベッドから起き上がった。

椅子にしっかり座ると、ドアのそばにある薬箱を探った。アヘンの毒々しい色のビンがなくなっていた。ロウはふらふらしながら隣の部屋へ行き、いつも仕事をしているテーブルに近づいた。なくなっていたビンが、書類の間に置いてあった。蓋があいていて、半分空になっている。

恐ろしい疑いがロウの心をよぎった。火をつけていない自分のパイプが残されていたが、アヘンのにおいがした。六番目か七番目に吸ったべつのパイプは灰でいっぱいになっていたが、まだ残り香があった。ロウはビンを取り上げて、ふと考えた。まれなほど強靭な体質のおかげで、たいていの人が陥るはずの試練を自分は無事に切り抜けることができたのではないか？　屈強な体質を維持するために、清潔で、規則正しく健康な習慣を心掛けていたため、ロウは生き延びる特権を得ることができたのだ。

窓を大きく開け放ち、ロウは部屋の中を歩き始めた。この数週間の不可解な記憶の空白のわけが今、わかった。自分以外のなんらかの知性が、断続的に憑りついて、ロウの日常生活や普段の習慣に便乗し、ロウ自身の手を使って死を画策しようとした。このところ危機を逃れることができた多くの場面や、そこに至るまでのありふれた出来事を細かく思い出した。だが、ここでもっとも重要な疑問が浮かぶ。こんな巧妙な筋書きを考えた黒幕はいったい誰なのか？　この事件にカルマーケーンが絡んでいる可能性があることに、ロウがすぐには思い至らなかったのは、注目に値する。

誰か人間の協力と支援が是が非でも必要だと、ロウがやっと気づいたのはこのときだった。昨夜のような体験がまたいつ起こらないとも限らない。この一件は、可能性の話ではなく、確実に起こりうる事実だと考えると、部屋を歩き回るロウの足はさらに速くなった。だが、友人や知り合いのリストをざっと見て、信頼できる人間が少ないことを残念に思い始めた。

確かディミランも同じようなことを言っていた。そうだ、ディミランがいた！　その名前に新たな希望が開けた。カルマーケーン！　事件全体が鮮明に見えてきた。ロウは前夜使っていた本に向かい、最後に書いた余白の書き込みをチェックした。意味をなさないいくつかの書き込みは、本文とはなんの関係もないことだったが、昨夜、ロウの客観的な意識の下に勝手に働きかけてきた絶望や悪の夢を反映しているようにも思えた。これらは、ロウのその後の調査の基礎を築く重要な書き込みとして、加えておくべきかもしれない。

それから数分もたたないうちに、ロウは行動の手筈を決めた。まずは、こんな奇妙な体験を信じ、必要な情報を与えてくれそうな立場にある唯一の人間、ディミランと会う。彼も体験したカルマーンケーンの驚くべき力のくびきを、永遠に振り払おうとしているロウの奮闘に共に協力してくれるかもしれない。ロウはディミランに聞いていた住所を調べ、一時間もしないうちに馬車で急いで向かった。ディミランは町に住んでいたが、たまたま出かけていて不在だったので、ロウはメモを残した。

「親愛なる、ディミラン。もしきみの都合がつくようなら、今夜ぜひ会いたい。七時から八時の間に来られるようなら、一緒に食事をしよう

敬具
フラックスマン・ロウ」

ロウは公園を横切って、自分の部屋へ歩いて戻った。途中で会った何人かに、とても具合が悪そうに見えると言われた。

家に帰り着くと、ロウはディミランを待つ以外、なにもすることがなかった。その間、次第に結論が見えてきた。

「家を空けるよんどころない理由がなければ、もっと早くあなたにお会いできたはずなのに」ディミランは会うなり言った。「でも、あなたのほうから呼びにきてもらって、またお会いすることができて、とても嬉しい」

「ああ、カルマーケーンだね？」

「そうです。カルマーケーンです」

「我々がこうして会うのを、彼は反対したでしょう？　どういうわけだろうね？」

「強い理由があったようです」ディミランは、ためらっているようだった。「あなたにとってもぼく自身にとっても、彼が望むようにするのが、うまくいくかもしれないようにぼくには思えます」

「ぼくの話を聞いたら、どう思うかはわからないよ」ロウが言った。「一ヶ月ほど前、カルマーケーンと会ったのだよ。そのとき、彼はぼくを脅した。そして彼がその言葉通りのことを実行したということを、きみも納得してくれると思う」

そして、ロウは自分の体験について話した。

「これでもう、一刻も無駄にすることはできないときみもわかるだろう。今夜、ぼくはクロウズエッジに行く。きみも一緒に来たいかどうかはわからないがね」

ディミランは、暖炉の格子柵を激しく蹴った。

「どうして、カルマーケーンとそうした現象すべてを結びつけるのです？　確かに彼はなんでもできる能力がありますから、そう思う十分な根拠はありますが、でも――」

「ぼくの疑いを喜んできみに話すよ」ロウは言った。「彼がぼくを訪ねてきたことは話したが、そのとき、彼の恐ろしい計画にぼくも協力するという条件で、秘密を共有しようと持ち掛けてきたのだよ。そのときから、トラブルが始まった。あげてみようか。まずは頭脳の力が利かなくなった。奇妙なものに憑りつかれ、ついには昨夜、不可解な空白時間があった。カルマーケーンが寄生する知性を利用して、ぼくの心と体を衰弱させようと取り憑かせたのではないかと思う。すぐに行動を起こさないと、彼の次の攻撃は致命的なものになるのは間違いない」

「あそこのことを、あなたがわたしくらいよく知っていたら、クロウズエッジに行くのは躊躇すると思いますよ。あそこでなにをするつもりです?」

「ディミランくん、わたしとカルマーケーン博士の間の問題は、これを最後に解決できるはずなのはわかるだろう。だが考えてみれば、きみに一緒に来てくれと言うのは、早計かもしれない」

ロウは立ち上がると引き出しから銃を出してポケットに入れた。ディミランはまだ暖炉の柵を蹴っていたが、ロウのその行動の意味を考えながら見つめていた。

「そう」ロウはディミランの視線に答えるかのように言った。「そういうことになるかもしれないが、とにかく、今夜、我々の間の問題に決着をつければ、いずれにしても最終的なものになると信じている」

ディミランは答えの代わりに帽子をかぶった。ロウは手を差し出した。「ぼくも行きます」ディミランが言った。「ご存じのように、ぼくもカルマーケーン博士と話をつけるのに、いくつか訊きたいことがありますからね」

ふたりは夜間郵便列車で、クロウズエッジから十キロ以内にある駅に降り立った。このあたりの地理に詳しいディミランが、海に向かって暗い道を歩き出した。星も見えない風の強い夜を足早に歩く中、潮風が顔に吹きつける。しばらくして、本道をはずれて、ヒースの原野を横切る石ころだらけの道に入った。時折、小高いところに出ると海の彼方に閃光が見えるが、陸地は真っ暗でただひたすら寂しい。強い突風が吹き荒れ、ヒースがカサカサいう乾いた音以外はなにも聞こえない。

やがて、ディミランが遠くの灯を指さした。

「クロウズエッジです」

ふたりは黙ったままひたすら歩き、とどろくうねりの音がはっきり聞こえる海岸付近までやってきた。家はもう間近だった。ディミランはカルマーケーンの書斎に明かりがついていると言った。

ふたりは家の入口付近の漆黒の闇の中を手探りで進んだ。扉は施錠されていなかった。ホールや部屋を抜けて、塔の下の部分へ出た。そこには上に続く石の階段があり、カルマーケーンの書斎のドア枠の形に光の筋がもれていた。

「どうするつもりです?」ディミランが声を低くして訊いた。

「彼にチャンスをやろう」ロウは答えると、階段を昇り始めた。

カルマーケーンはデスクのところに座っていて、驚いたように顔を上げた。その目には激しい怒りの炎が見てとれた。

「どうしてここに?」カルマーケーンは言った。「わたしの申し出を考え直したと言いに来たのかな?」

「逆ですよ」ロウが答えた。「ぼくたちの間にある問題を、徹底的に話し合うために来たんです」

「わたしの自慢の技はまったくの無駄ではなかったということをきみに示したからな」カルマーケーンは嘲笑うように返した。「きみはいずれはやがて死ぬ人間に設けられた限界のことでわたしを愚弄した。だから、わたしはわかるように答えてやったのだ! この瞬間、きみが生きているのは、単なる偶然なのだよ。わたしはまだ自分の力を学んでいるだけだが、次は失敗しないと約束しよう！　いいかね、きみが拒絶したことを考えてみるんだ。いくら懸命に探しても見つからない、究極の秘術をわたしは会得している。これは、母なる自然の力、宇宙のエーテルなのだ！その他の力──電気、磁気、熱は皆、二次的に派生したものだ。確かに人間は、これら二次的な力を自分たちの目的のために役立てる方法を見つけたが、わたしが発見したのは、もっと根源的な力をコントロールする方法だ。人間の意思の力は、すべてを超越しているからだ。

わたしは、自分には力があることを十分に実証してきた。すべての力は、エーテルの振動を通して作用する意思の力であることを証明できる。エーテルの振動以外の思考や感情とはなんだ？そして、人間が思考をコントロールできるのなら、その人間はエーテルもコントロールできるというのが完璧に論理的な結論だ。彼は、物的世界だけでなく、その境界を越えた先にあるその他の力も完全に支配することができるのだ！」

「しかし、あなたはただの人間だ」ロウはカルマーケーンに銃を向けながら言った。「だから、人間対人間として、我々は互いに取引しなくてはなりません」

カルマーケーンは笑った。

「チャンスをあげましょう」ロウは続けた。「そこに座ったまま、ぼくに撃たれるか、それとも──」

「わたしを撃てば、殺人の罪で絞首台行きだぞ」

「そうなるでしょうね。法が助けてくれないので、ぼくは自分の手でこれを果たさなくてはならない。これに代わる方法として、ぼくと一緒に外国へちょっとした旅をするというのはどうでしょう。ぼくたちの人間としての違いを互角に精算できる所へね。これは、あなたも覚えていると思いますが、三年ほど前にバスナーとヴォルフが採用したやり方です」

ディミランは、その場面をありありと描写している。ロウはもはやただの学者や科学者ではなく、強力な法の裁きさえも甘んじて受けようとしている、男の中の男だった。カルマーケーンは、黙って座ったままだったが、したたる汗が額のしわにたまっていた。ロウに向けられた銃口をものすごい形相で睨みつけている。

「六秒以内に決めてください」ロウが言った。

「きみは不要な問題で、大いに自分の首を絞めているぞ」カルマーケーンが苦し紛れに言い返した。「いつでもどこでも、きみのお望みの場所で、喜んで勝負しようじゃないか」

「それはけっこう。早く始めるに越したことはありません。この問題が片づくまで、我々の関係が切れることはありませんからね、カルマーケーン博士。ディミランがわたしのために動いてくれるでしょう。さあ、あなたの望みを聞かせてください」

カルマンケーンは、ひどく顔をしかめた。

「わたしには友人がいる。この手の問題を極めてよく理解しているユロウスキー伯爵だ。彼は今、カレーにいて、そこの海岸をずっと行ったところに小さな洞窟がある。そこは我々の目的にまさにぴったりの場所だろう」カルマンケーンはむっつりと答えた。

カレーまでの旅や、ロウによってとられた多くの予防措置については、なにも説明する必要はない。両者の果し合いは、本人たちからはっきり示された要請によって、過酷かつ残忍ですらある条件の下で設定された、と言えば十分だろう。十二歩歩いて離れ、互いに相手を撃つというルールだ。決闘の現場に行く途中で、ディミランはロウにいくつか質問したい衝動を抑えられなかった。

「例の褐色の手について、あなたはとても説得力のある論理を提起することができました。ご自分の体験から、なにを引き出したのです?」

「可能性のある説明がいくつかあるが」ロウは答えた。「一連の出来事ともっともよく符合しているものは、すでにきみに話したことだと思うよ。カルマーケーンは、肉体のない霊に勝る力を得て、その知性を利用して自分の目的をさらに進めようとしたようだ。ぼくの不可解な鬱状態や、半分宙に浮いたような意識の中で、書き込んでいた注釈に、ぼんやりとだが同じような絶望の刻印が残されていたこと、ついには、自分のパイプにアヘンを詰めて、自分自身を殺そうとしたことなど、一連の出来事を考えると、確かにこれらは、寄生する知性がぼくの精神と肉体の機能に作用して乗っ取ろうとした可能性を示している。こう仮説すると、すべての事実が説明できる」

「でも、どうやってカルマーケーンは霊魂に影響を与えられるようになったのでしょう?」

「彼は、エーテルのエネルギーの秘術だけでなく、そのエネルギーを方向性をもつ意思に従属させる方法を発見したと、思わざるをえないね。彼はきみの前で自慢したことはないだろうか? 物理的世界と同じように精神世界でも、自分の意思を有効にする方法を知っている人間の心には、あらゆる力が宿っていると? 今となっては、そのような力と、それを利用したカルマーケーンの悪事を確信しているね」

「彼がそんな危険な力をもっているのに気づいたなら」ディミランが訊いた。「どうして、あなたは彼に決闘のチャンスを与えたのです？　ぼくなら、あの場ですぐに彼を撃ったでしょう。あなたのこの行動によって、決闘という大博打を途方もない大ごとにしてしまっているのですよ。賢明とはとても思えません」

「丸腰の男を、躊躇なく即座に撃ったりできないものだよ。同時にそいつを逃がすこともね。ディミランくん、ぼくがその問題を解決したときの条件の厳しさによって、解決が不可能かどうか決まることを示したいね。もしかしたら彼は、いや、おそらくそうなるだろうが、無念を晴らすのに成功するだろう。だが、本来なら我々はきっと相いれるはずだ。この決闘の場でか、今度、先のことになるかはわからないが、カルマーケーン博士が死んだら、ぼくの良心に非常に重くのしかかってきそうだよ」

約束の場所へ向かいながら、ディミランとロウの間でこんな会話が交わされていた。

あらかじめ言われていた小さな洞窟の中で、決闘が行われた。風と海の間に当のふたりが立ったとき、強い突風がつむじ風のように巻き上がっていた。その様子を、長々と説明することはできない。先に発砲してロウを地面に倒したカルマーケーンのほうが、いかに優勢だったか、肩から出血して右腕が使えなくなったロウが、倒れたまま地面から発砲し、その弾がカルマーケーンの頭を撃ち抜いたことも、カルマーケーンの巨体が一瞬直立したままになり、その指が銃の引き金を探る動きを見せたが、結局は肩から砂の中に倒れ込んだことも。

カレーの海岸でのこの十分間の出来事は、新聞で広く論じられている。この話が、ときどき、ロウに対して向けられる残忍だという汚名を晴らしてくれることを望むだけだ。この事件で、あえて危険を冒した争いに身を投じた彼の行動は、ほかの事件と同様、彼のもっとも顕著な特質のひとつをいつも形成している高潔さの表われなのだ。

カルマーケーン博士の持ち物が売りに出されたとき、ディミランが例の古い長方形の箱を買ったことは、ある意味重要な事実だろう。中にはあの青銅のブレスレットが入っていて（ディミランはすでに似たようなものを持っていた）、先端に結び目のある紐のようなものがついた円錐形のウールの帽子もあった。

ジェラルド・ディミラン博士とフラックスマン・ロウが関わった、一連の奇妙な体験のどこまでが催眠術のようなものの影響のせいなのか、どこまでがまぎれもない事実なのか、特定するのは難しい。

カルマーケーン博士が得ていた秘術について、ロウはまだ概要を示す以上のことはできていない。科学の公式ですべてが明らかになるかどうかは、また別の問題だ。とにかく、差し当たっては、カルマーケーン博士の知識は、本人と共に墓に眠っている。

こうした話を紹介する中で、ロウの研究や特質について、おおざっぱに、ほんのわずかな説明しかできなかったのではないかとかと心配になる。わたしたちがまっさきに彼の偉大な名前を呼ぶのも、確かにもっともだとする擁護者の間で、ロウの手がいかに科学の奥深いところまで届いていたかを語る者のためにも、いつか、こうした話が再びとりあげられるようになるかもしれない。

作者について

「フラックスマン・ロウ」のシリーズは、ヘスキス・プリチャードと、その母ケイト・プリチャードとの合作で、E&H・ヘロンの筆名で発表された。イギリスのピアソンズ・マガジン一八九八年一月号〜六月号に六作が、一八九九年一月号〜六月号に残りの六作が連載され、人気を博した。同年に"Ghosts"というタイトルで単行本化されている。

ヘスキス・プリチャードは一八七六年にインドで生まれたが、生まれる六週間前に父親が腸チフスで死去、母親ひとりの手で育てられた。幼少のうちにイギリスへ移住し、学生時代からスポーツの才能を開花させ、クリケット選手として活躍したこともある。作家デビューは一八九六年。その後、『ピーター・パン』の作者であるJ・M・バリーを通じてピアソンズ・マガジンを発行していたアーサー・ピアソン男爵と出会い、「フラックスマン・ロウ」を発表する機会を得る。このとき、『シャーロック・ホームズ』シリーズの著者アーサー・コナン・ドイルとも親交を結んでいる。ピアソンの依頼でデイリー・エクスプレス紙にパタゴニアやハイチなどへの旅行記を連載したこともあり、それをまとめた"Where Black Rules White: A Journey Across and About Hayti"はヘスキスの代表作となった。一九〇八年に結婚し、三人の子供を持つが、一九二二年に他界。母親よりも早い死だった。（編）

掲載作品一覧

ハマースミス「スペイン人館」事件　The Story of the Spaniards, Hammersmith
▽Pearson's Magazine 1898年1月号

「スパニアード館物語」乾信一郎訳（『シャーロック・ホームズのライヴァルたち2』ハヤカワ・ミステリ文庫、１９８３年）
「ハマースミス「スペイン人館」事件」赤井敏夫訳（『イギリス怪談集』河出文庫、１９９０年）
メダンズ・リー事件　The Story of Medhans Lea　▽Pearson's Magazine １８９８年2月号
荒地道の事件　The Story of The Moor Road　▽Pearson's Magazine １８９８年3月号
「荒地道の事件」西崎憲訳（『淑やかな悪夢―英米女流怪談集』東京創元社、２０００年／創元推理文庫、２００６年）
バエルブロウ荘奇談　The Story of Baelbrow　▽Pearson's Magazine １８９８年4月号
「ベールブラウ荘奇談」小倉多加志訳（『ドラキュラのライヴァルたち』ハヤカワ文庫、１９７７年）
グレイ・ハウス事件　The Story of The Grey House　▽Pearson's Magazine １８９８年5月号
ヤンド荘事件　The Story of Yand Manor House　▽Pearson's Magazine １８９８年6月号
「ヤンド荘事件」尾之上浩司訳（ミステリマガジン、２００３年8月号）
セブンズ・ホールの怪　The Story of Sevens Hall　▽Pearson's Magazine １８９９年1月号
サドラーズ・クロフト事件　The Story of Saddler's Croft　▽Pearson's Magazine １８９９年2月号
カルマ・クレッセント一番地の謎　The Story of No.1 Karma Crescent
▽Pearson's Magazine １８９９年3月号
コナー・オールド・ハウスの謎　The Story of Konnor Old House
▽Pearson's Magazine １８９９年4月号
クロウズエッジの謎　The Story of Crowsedge　▽Pearson's Magazine １８９９年5月号
フラックスマン・ロウの事件　The Story of Mr. Fraxman Low　▽Pearson's Magazine １８９９年6月号

E & H・ヘロン E.& H. Heron

イギリスの小説家ヘスキス・プリチャード（1876-1922）と、母ケイト・プリチャード（1851-1935）の合作ペンネーム。代表作に本書『フラックスマン・ロウの心霊探究』、探偵小説『ノヴェンバー・ジョーの事件簿』（論創社）がある。義賊ドン・Qを主人公とした冒険小説のシリーズ（1903-06）は映画化され、人気を博した。

三浦 玲子（みうら れいこ）

英米文学翻訳家。訳書にパーマー『五枚目のエース』（原書房）、サントロファー『赤と黒の肖像』、バーク『囚われの夜に』（共に早川書房）、ダーレス編『漆黒の霊魂』（論創社）がある。

ナイトランド叢書 3-6

フラックスマン・ロウの心霊探究

著　者　E & H・ヘロン

訳　者　三浦玲子

発行日　2019年7月8日

発行人　鈴木孝

発　行　有限会社アトリエサード
東京都豊島区南大塚1-33-1 〒170-0005
TEL.03-6304-1638 FAX.03-3946-3778
http://www.a-third.com/ th@a-third.com
振替口座／00160-8-728019

発　売　株式会社書苑新社

印　刷　モリモト印刷株式会社

定　価　本体2300円＋税

ISBN978-4-88375-361-1 C0097 ¥2300E

www.a-third.com